A ILUSÃO DA ALMA

EDUARDO GIANNETTI

A ilusão da alma

Biografia de uma ideia fixa

4ª reimpressão

COMPANHIA DAS LETRAS

Copyright © 2010 by Eduardo Giannetti

Grafia atualizada segundo o Acordo Ortográfico da Língua Portuguesa de 1990, que entrou em vigor no Brasil em 2009.

Capa
Kiko Farkas/ Máquina Estúdio
Thiago Lacaz/ Máquina Estúdio

Preparação
Márcia Copola

Revisão
Huendel Viana
Carmen S. da Costa

Os personagens e as situações desta obra são reais apenas no universo da ficção; não se referem a pessoas e fatos concretos, e não emitem opinião sobre eles.

Dados Internacionais de Catalogação na Publicação (CIP)
(Câmara Brasileira do Livro, SP, Brasil)

Giannetti, Eduardo
A ilusão da alma : biografia de uma ideia fixa / Eduardo Giannetti.
— São Paulo : Companhia das Letras, 2010.

ISBN 978-85-359-1705-5

1. Romance brasileiro I. Título.

10-05877   CDD-869.93

Índice para catálogo sistemático:
1. Romances : Literatura brasileira 869.93

[2017]
Todos os direitos desta edição reservados à
EDITORA SCHWARCZ S.A.
Rua Bandeira Paulista, 702, cj. 32
04532-002 — São Paulo — SP
Telefone: (11) 3707-3500
www.companhiadasletras.com.br
www.blogdacompanhia.com.br
facebook.com/companhiadasletras
instagram.com/companhiadasletras
twitter.com/cialetras

Sumário

PRIMEIRA PARTE: O tumor físico, 7

SEGUNDA PARTE: *Libido sciendi*, 61

TERCEIRA PARTE: O tumor metafísico, 155

Notas, 239

PRIMEIRA PARTE

O tumor físico

A palavra é a sombra da ação.
Demócrito de Abdera

I

Os apetites têm faro. No mesmo palmo de terra cada criatura encontra o que lhe apetece: a cabra, o capim; o sabiá, a minhoca; o besouro, o estrume. Assim também o cérebro dos homens. Visto de fora, a olho nu, o que é? Uma pelota enrugada e viscosa; um quilo e meio de miolos cinzentos; feixes de pixels numa tela de alta definição. Vivido por dentro, contudo, olhos metidos no avesso subjetivo de si, que transformação! Que profusão de delícias e tormentos, lembranças e desejos, ideias e sensações. Onde um vê matéria, outro vê espírito. O cérebro engendra a mente que interroga o cérebro que assombra a mente. Como é possível que da massa borrachuda e gosmenta alojada em nossos crânios desponte o mistério de uma vida interior?

Há quem prefira não cismar com essas coisas — viver como se o enigma da autoconsciência não lhe dissesse respeito. O tempo é curto. Por que dissipá-lo com caraminholas fúteis e empresas vãs? Bater-se por isso ou por aquilo, acreditar ou desacreditar — *e daí?* Que diferença faz? A Terra seguirá sendo, como sempre foi, o centro inabalável do universo, diga a ciência o que for, e os homens seguirão aferrados a suas órbitas de fome e vaidade, proveitos e taras, como se as galáxias e os olhos da criação é que girassem ao seu redor. Queixem-se os ensimesmados de que "ocupamos quase toda a nossa vida com entretenimentos mesquinhos"; deplorem os sisudos e taciturnos porque "vivemos, de modo incorrigível, distraídos das coisas mais importantes". Importantes *para quem?*

Permita-me, caro leitor, apresentar-me. Como você, não escolhi ser quem sou. As circunstâncias da minha concepção, fortuitas como as da sua, dependeram de causas inteiramente alheias à minha vontade: uma noitada alegre, o tédio de uma insônia, um arroubo de embriaguez e febril desatino após o Brasil × Espanha da Copa de 1962 (obrigado Amarildo!). Do que fizeram de mim, fiz o que pude. Amo a vida. Espero que ela não me descarte tão cedo, embora também isso não dependa de mim. Tento me cuidar. Se a vida é "um negócio que não cobre os custos" — opinião amarga que não partilho —, a execução da massa falida promete ser bem pior. Não faz muito tempo, como se verá, estive à beira da bancarrota.

Escapei: cá estou. Enquanto me for dada a chance, prefiro viver mais um dia.

Sofro de um mal, isso é certo. Se existe um termo adequado à minha moléstia, não sei dizer. Mais que por uma crença, fui tomado por uma obsessão ou mania metafísica — uma inquietação que se apoderou do meu pensamento e me persegue dia e noite, nos interstícios das horas anônimas, no repouso e na vigília, como se fosse carne da minha carne e osso do meu osso. No começo não parecia grave: uma irritação passageira, coisa de pele, logo passa. Depois pegou. Quando me dei conta, o "tumor metafísico", foi como resolvi chamá-lo, estava fincado como pau forte e disperso como metástase no solo da minha consciência.

Fosse eu afoito, dado a rompantes grandiloquentes, poderia carregar nas tintas; dizer que vislumbrei um abismo e fui tragado por ele; dizer que enlouqueci. Não é o caso. Um verdadeiro insano, merecedor da sua insígnia, não se dá conta do seu estado. Afirmar-se um doido varrido é como *declarar-se inconsciente* em prosa concatenada: não para em pé. O fato é que virei alguém estranho aos meus próprios olhos, o joguete de um particular absurdo, o portador de uma bizarra anomalia. Sou um monomaníaco com uma causa — um *louco manso*, como se diz. Excêntrico e perturbado da ideia, sim; monstro desalmado, não. Estarei só?

2

Como vim parar aqui? Nada surge do nada. A ventania é o prenúncio do temporal; a pré-história é o espreguiçar da história. Um curto-circuito do siso como o que trago na mente não nasce pronto: é obra do acaso e da necessidade, como tudo mais. A semente do meu mal metafísico não foi mais que uma tosca e até certo ponto prosaica moléstia física: um pequeno grão palpável, desses que irrompem à toa no corpo, mas que por pouco não me arrastou com ele ao crematório. O aleatório da natureza deu as cartas, aprontou das suas, mas tudo dentro da mais estrita obediência às leis da bioquímica celular, como tudo que nasce, cresce e expira.

Rara é a vida sem um divisor de águas: um marco ou evento que defina *um antes* e *um depois*. Poupemo-nos reciprocamente de excesso de zelo no relato dos pormenores e circunstâncias do grande divisor de águas da minha vida adulta. Careço do tino e da pertinácia, daquele amor ao detalhe e à minúcia reveladora, que é o segredo do narrador de ficção. Não vim contar minha vida — a quem poderia interessar? Reconheço o estreito do meu engenho e o banal do meu cotidiano insípido e livresco. A hipertrofia do intelecto fez de mim um anoréxico dos afetos e das pulsões vitais. Penso mais do que existo. Atenho-me, portanto, ao essencial.

Em retrospecto algumas peças se encaixam. O primeiro sintoma mais sério de que algo não ia bem comigo foi numa Bienal do Livro que aconteceu no Rio há coisa de dez anos. Eu acabara de publicar o meu primeiro livro, *As rabugens de pessimismo em Machado*, fruto de uma tese de doutorado sobre a influência dos moralistas franceses dos séculos XVII e XVIII nos romances e contos tardios do escritor. Estava na época em pleno circuito de divulgação do trabalho. A reputação de Machado e o interesse por sua obra, palco de acirradas disputas acadêmico-tribais, cobriam com juros o déficit do meu anonimato. "A autoridade dos mortos não aflige, e é definitiva."

Fazia aquilo com gosto. Havia apresentado tantas vezes a mesma palestra, em faculdades, centros culturais, clubes e cursos de extensão pelo Brasil afora, que agora podia me dar à liberdade de fixar a atenção não mais no conteúdo da fala, mas na forma e colorido da locução e na reação facial do público. Era ligar o piloto automático e subir ao palco, quase como um ator dramático, diante de uma plateia sequiosa de alguns bons momentos e risadas cúmplices. Quebrado o gelo da abertura e desatado o nó do primeiro riso, era tiro e queda; era como tocar harpa na imaginação dos ouvintes. Como o texto vinha já editado na fala, dispensei inteiramente o uso de notas escritas; dirigia-me aos olhos, expectativas e nervos faciais dos ouvintes. Podia passar a vida fazendo aquilo — e ainda rendia alguns trocados.

Mas daquela vez no Rio foi diferente. O caldo entornou feio, e por um triz não saí carregado do púlpito. A noite estava particularmente quente, úmida e abafada. O ar-condicionado do Riocentro fraquejava e o público da feira afluiu ao auditório em bom número. Casa cheia. Tinha chegado de Belo Horizonte na véspera e sentia-me bem-disposto, à altura da encomenda. A ideia era aproveitar a ocasião da feira, aquela grande festa em torno do livro como veículo de cultura, para testar algo novo. Sentia que era hora de renovar o repertório; que precisava ousar, transpor a zona de conforto, avançar de algum modo, antes que a repetição começasse a pesar e empanar o viço da fala. Por isso resolvi incorporar ao roteiro da palestra um material com que vinha trabalhando depois da tese.

A palestra dividia-se em duas partes. Na primeira, preparada especialmente para a ocasião, eu discorreria sobre o que restou da biblioteca de Machado após a dupla amputação a que foi submetida sob a guarda de sua sobrinha e herdeira universal. O primeiro talho, cerca de trezentos volumes, foram as "doações" auto-outorgadas pelos colegas imortais da Academia de Letras que iam visitar a coleção; depois foi a vez da inundação, no porão do sobrado na Tijuca, onde a sobrinha havia guardado as brochuras que não faziam vista na sala de visitas da família. Somente os volumes de capa dura que escaparam da rapinagem dos imortais foram salvos. Na segunda parte da fala — ninguém é de ferro — eu pretendia voltar ao conforto do meu piloto automático oratório e repisar a velha palestra, pau para toda obra, com direito a inflexões vocais finamente ensaiadas, improvisos calejados e pseudoconfidências no calor da hora.

O início da apresentação foi passável — um pouco duro e tenso, como se esperaria, dado que precisei recorrer às notas que mantinha sob os olhos, apenas interpolando aqui e ali algum aparte tonificador. Mas o que veio em seguida me deixou atônito. Pois no momento da passagem, no instante exato em que deveria arrancar triunfante nos trilhos do que seria a segunda parte da palestra — o esperado "passeio" —, dei-me conta de que perdera o acesso à embocadura da fala. A marcha engripou e o encaixe sumiu.

Imediatamente acusei o baque. "Como assim? O que é isto?!", exclamei cheio de espanto no ouvido interno. Eu nunca passara por algo remotamente parecido. Não era um simples branco; era uma pane vertiginosa em pleno voo, uma súbita e inexplicável travagem. Senti as pernas bambearem e a luminosidade oscilante, mas não cogitei de parar — *the show must go on*.

Disfarcei como pude o meu apuro. Recitei maquinalmente algumas platitudes, fiz um comentário politicamente correto do qual não me recordo, elogiei a perfeita organização do evento, disse que o calor não me incomodava, exaltei o excepcional interesse do público carioca, sobretudo os jovens, pela boa literatura: *Mais uma vez o Rio dá provas cabais de que é um exemplo a ser seguido por todo o Brasil!* Enquanto isso, em algum canto da consciência, buscava entender o que teria acontecido. Procurava ganhar tempo e tomar pé da situação.

Resolvi, então, tentar de novo. Recapitulei brevemente o que havia dito no início, tomei impulso e voltei à carga bem no entroncamento onde o engate da segunda parte da palestra deveria entrar. Nada outra vez! Simplesmente não estava mais lá! Não sei quanto tempo passei desse modo, cindido por dentro, a revirar gavetas e prateleiras no recesso da mente, ao passo que a língua mecânica se desdobrava em frases e clichês banais, como um político narcotizado tratando de espichar um improviso.

Quando por fim me resignei a aceitar a situação, juntei as forças de que ainda dispunha, assumi ares de máxima severidade moralizante e investi tudo num arroubo febril, veias saltadas na garganta, contra *o trágico destino de uma cultura incapaz de preservar sua memória escrita; uma cultura dominada pela rapinagem de uns e pelo descaso de todos; uma cultura que foi capaz de canibalizar* VERGONHOSAMENTE *a biblioteca do seu maior gênio literário! O Bruxo estava certo. A vocação do Brasil é ser uma tragicomédia de subúrbio. É o que sempre fomos, é o que sempre seremos. Nunca passaremos disso!* Agradeci a atenção de todos, baixei os olhos e desci do palco, zonzo e trôpego, preocupado em não dar na vista. Notei que aplaudiam.

A caminho da van que me levaria ao hotel, fui tomado por uma sensação de alívio. A provação findara. Tudo o que eu queria era fugir dali o mais depressa possível: entrar no chuveiro, deitar numa cama macia, recompor-me, ficar em paz. Teriam notado algo de errado comigo? Os aplausos, pensei, não foram maus; quem sabe eu tivesse um futuro na política... O apelo à demagogia na conclusão da fala, é verdade, tinha sido golpe baixo da pior espécie, uma picaretagem desprezível, nunca imaginei que pudesse chegar a isso; mas o saldo da noite, tudo considerado, não me pareceu de todo ruim. Estive a pique de um colapso vexaminoso, por pouco não entreguei os pontos, porém resisti bravamente e consegui sobreviver. Saí de pé da arena — e ainda aplaudido. "Mas que tipo de público era aquele... nenhum comentário, nada... então gostaram?!" O que eu não sabia àquela altura era o que me aguardava no trajeto de volta ao hotel no Leblon. Como era longe! O real pesadelo da noite ainda estava por vir.

3

O que tinha sido aquilo? Afundei no assento traseiro da van e me pus a matutar. Não era possível! Eu tinha a palestra na ponta da língua, tim-tim por tim-tim, sentia-me capaz de fazê-la até debaixo d'água, de trás para a frente se preciso; certa vez cheguei a recitar dormindo um bom trecho dela, isso mesmo, sonhei que falava em público, plateia atenta, eu me via e ouvia de pé no centro do palco, as risadas nos mesmos pontos de sempre, tudo em cima, impecável, Machado zombeteiro, fraque e pincenê, aboletado num camarote da eternidade — "Bravo, rapaz!". E agora isso! — só podia ser estafa. Resolvi relaxar um pouco, deixar a poeira assentar. Depois, com a cabeça fresca e descansada, pensaria com calma no que havia acontecido, não haveria de ser nada.

O susto, porém, fora demasiado forte; o vexame cobrava uma satisfação imediata, pôr tudo a limpo, enfrentar e vencer a parada ali mesmo — aí, sim, eu poderia relaxar. Subi mentalmente ao palco da Bienal, voltei à cena do enguiço e tomei distância para um novo teste de engate, só que dessa vez, é claro, apenas para o meu ouvido interno, como tantas vezes no passado, o ouvido com que me ouço pensar palavras. Sentia-me confiante de que agora, no fundo da van, a sós comigo, sem nenhuma pressão de palco e plateia, não poderia falhar. A palestra tinha que reaparecer! Tudo reentraria nos eixos.

A intenção era digna, mas o resultado foi calamitoso. O teste não só falhou miseravelmente como deflagrou algo inesperado: senti-me de súbito atropelado por uma cacofonia infernal de sons, imagens e fragmentos desconexos de memória. A tentativa de romper o bloqueio teve um efeito inusitado. Em vez da palestra, um remoinho de bizarras associações; um pandemônio hemorrágico de lembranças e sensações disparatadas. Era como se ondas sucessivas de escombros e entulho mental — o decote da recepcionista, o *jingle* do Bradesco, um cheiro forte de relva fresca, a capa de *O sobrinho de Rameau* da Penguin, o talhe íntimo de uma antiga namorada, o diabo — repentinamente se insurgissem com força irrefreável para logo se desmanchar em bolhas que davam lugar a novas ondas de sensações. Senti que perdera o controle do fluxo de pensamentos e que minha mente havia se tornado o palco de um caleidoscópio macabro de configurações fortuitas.

O mais espantoso, porém, é que em meio a todo o tumulto, e apesar de perplexo e aturdido, eu de algum modo conseguia me preservar à tona. Durante todo o surto, eu permaneci capaz de presenciar a formação e o desfile das ondas subterrâneas, sem que nenhuma delas alcançasse me encobrir por completo. O periscópio invertido da atenção consciente espiava aterrado a orgia desatada e pandemônica das águas profundas. Mas *quem* presenciava o quê? E *quem* era presenciado? O fiasco do Riocentro, embora público e vexaminoso, não passou de um *trailer* pueril, próprio para menores, perto da versão integral, sem cortes, conforme à rubrica da natureza desabalada. Pela segunda vez na vida temi por minha lucidez.

Assim que cheguei ao hotel, apanhei as chaves e subi até o quarto. Notei com alívio que minha capacidade de atuação na vida prática parecia intocada. Uma única dúvida martelava o meu cérebro e me atormentava sem cessar: "Voltarei a ser quem sou?". Tomei uma ducha, enfiei-me na cama e apaguei a luz do quarto o mais depressa que pude. Senti a onda boa do sono me encobrindo, mas não sem antes lembrar com clareza que aquela mesma dúvida, o mesmo terror de um irreversível descontrole mental, já me assaltara antes, havia coisa de dez anos, quando uma viagem de LSD (nunca mais) saiu do controle, descarrilou e teimou em durar mais que o previsto. A diferença é que dessa vez tinha sido a seco; dessa vez eu estava perfeitamente sóbrio e, pior, sem a menor noção do que era ou quanto tempo poderia durar aquilo.

Na manhã seguinte, quando o despertador tocou — tinha de sair cedo para apanhar o voo de volta a Minas —, demorei um pouco mais que o de costume para reatar, ainda na cama, os fios da consciência: *onde estou; como vim parar neste quarto; o que devo fazer em seguida.* O fantasma da van ameaçou negrejar em mim, como um vulto a rondar no porão da consciência mal desperta, mas logo me dei conta, com tremendo alívio, de que havia dormido profundamente e que a paisagem interna era bem outra agora — e parecia calma.

No percurso de táxi ao aeroporto, submeti-me a um pequeno checkup. Comecei, é claro, pela palestra perdida. Maravilha! Lá estava ela, inteirinha, com todas as datas, itálicos, anedotas e citações verbatim. Recapitulei na memória as tarefas e providências do dia, e depois cantarolei em silêncio, para deleite do ouvido interno, um trecho de "Águas de março", na voz e cadência exatas de João Gilberto (como nenhum outro, ele me dá a sensação de ouvir *em sua voz* o que canta). O trânsito fluía deliciosamente livre. Banhados pelo sol da primeira manhã, o Cristo e o Aterro do Flamengo resplendiam da janela lateral do carro.

A dúvida da noite, pude então constatar, se esvaíra: voltei a me sentir eu mesmo, ainda que um pouco lerdo, como de hábito, àquela hora da manhã. Como diria o dr. Simão Bacamarte, o médico psiquiatra de "O alienista", eu estava são, "no gozo do perfeito equilíbrio das faculdades mentais". Agora era oficial. O vasto motim de células nervosas do meu cérebro fora sufocado e rendido por uma vitoriosa noite de sono — o elixir supremo. A república amanheceu em paz. O *status quo* estava restabelecido. Ou parecia estar.

4

Quando Ralph Waldo Emerson começou a sofrer de Alzheimer e a perder a memória, um amigo perguntou a ele como se sentia. "Muito bem", retrucou o filósofo, "perdi minhas faculdades mentais, mas estou perfeitamente bem." Nunca fui adepto do transcendentalismo emersoniano nem conhecia a anedota naquela época, mas foi mais ou menos assim que respondi a mim mesmo ao me questionar, no dia seguinte ao retorno a Belo Horizonte, sobre o susto carioca. Eu estava perfeitamente bem, tudo voltara ao normal, ainda que tivesse temporariamente perdido a lucidez.

A ilusão conveniente é sorvida de um só gole; a verdade amarga, a conta-gotas. Seria o caso de consultar um médico? Cheguei a flertar com a possibilidade, mas a inércia da rotina acoplada à preguiça decidiram que não. Escavei timidamente as possíveis causas do surto e decidi deixar como estava. O autodiagnóstico de um estresse pontual ou simples estafa — era fim de ano, minha vida pessoal andava meio torta, vinha dormindo pouco e bebendo muito, precisava ler e publicar mais, fazia um calor insano naquela noite, não foi tão grave assim —, tudo isso de embrulhada me pareceu mais que suficiente para legitimar a inércia e preencher o vácuo de uma necessária explicação.

Ademais, creio que herdei do meu pai — não me pergunte como — a curiosíssima noção de que ficar doente e ter de recorrer a um médico ou terapeuta, em qualquer circunstância, era sinal de fraqueza; uma espécie de afetação ou capitulação moral a que apenas os frouxos estavam sujeitos. Adoecer lá em casa, caxumba, diarreia ou resfriado, era como ir mal na escola ou dormir até mais tarde — motivo de culpa e vergonha. Ir ao médico ou à farmácia, só em último caso. O simples olhar do meu pai dizia tudo. (Hoje me dou conta de que a altivez e a couraça estoica dessa recusa encobriam, no fundo, boa dose de medo e covardia diante da dor eventual de se ver forçado a encarar certas realidades da vida.) Tudo somado, um imobilismo de ocasião venceu a prudência e o bom senso. Não havia de ser nada. Resolvi tocar o barco e pôr um ponto-final no assunto.

O *ponto*, contudo, não era final. Ignorou o meu decreto e logo mostrou que tinha outros fins na cabeça. Longe de acatar a mordaça que tentei lhe impor, ele cresceu e explodiu em incontornável ponto de exclamação. Cedo ou tarde, como alerta Machado, "a verdade sai do poço, sem indagar quem se acha à borda". O susto da palestra não havia sido um raio em céu azul. Na verdade, era tão somente o prenúncio de uma cascata de sintomas que me levaram não à fogueira, ao eletrochoque ou ao hospício — os tempos felizmente são outros —, mas a um neurologista, a um tubo cilíndrico futurista e a uma mesa de operação. E tudo em questão de semanas.

Os sintomas que me atormentavam iam e vinham sem pedir licença. Eram dores de cabeça constantes e, vez por outra, inesperadas e incontroláveis erupções mentais que me deixavam aturdido e humilhado. Por mais que tentasse ignorar o meu problema, ele não me ignorava. As dores de cabeça teriam sido suportáveis, mas as erupções eram de meter pavor. O fogo pipocava fortuito, e um incêndio ameaçava alastrar-se a qualquer instante. Passei a viver apreensivo. Quando a próxima?

A primeira recaída, bem me recordo, ocorreu durante um almoço com minha mãe. Entre uma garfada e outra, em meio à conversa miúda de sempre, fui tomado por uma sensação avassaladora. Senti-me como que transportado ao tapete cinza e macio que recobria o piso do quarto de hóspedes na chácara de minha avó materna, perto do aeroporto da Pampulha, onde, criança, costumava passar as férias. Não era uma sensação apenas visual, uma imagem ou reminiscência que se pode evocar. Era uma experiência total, dotada de agudez alucinatória; era a sensação nítida e inconfundível de *estar lá*, ajoelhado no chão, a manobrar certo carrinho de ferro com a mão direita, roçando os joelhos no tapete.

Dias depois, essa mesma sensação aflorou, com igual contundência, numa aula de pós-graduação sobre os usos da ironia na história da literatura. O espantoso é que, nos dois casos, eu permaneci inteiramente a par do que acontecia ao meu redor e não precisei desculpar-me ou interromper o que vinha fazendo.

Assim como fora capaz de manter o fio da conversa no almoço com minha mãe, também consegui cuidar da superfície da cena durante a aula. O surto não causou nenhum tipo de ruptura, como se a vida externa do eu-professor-de-letras fosse uma película decorativa e descolada do fluxo interno da consciência. *Embora encontremos referências esparsas aqui e ali, a extensão da influência de*

Sterne não só no Brás Cubas, *mas em toda a obra madura de Machado após a crise dos quarenta anos, ainda está por merecer um estudo definitivo...* Enquanto isso um outro eu, o eu-menino-de-férias-com-a-vovó, ao mesmo tempo familiar e alheio, arrastava os joelhos no tapete esponjoso do quarto de hóspedes da chácara, manobrava cuidadosamente o carrinho e estacionava o Peugeot verde-escuro na carroceria da pequena jamanta prateada. Por alguns instantes de alta intensidade — quanto tempo teria durado aquilo? —, eu me sentia habitando dois mundos paralelos e rigorosamente incomunicáveis: uma súbita e inexplicável bifurcação da consciência. Só isso.

A gota d'água, porém, foi o "derrame musical" que me acometeu, certa madrugada, pouco mais de uma semana após a viagem ao Rio. Desde pequeno, cultivo o hábito de entreter o ouvido interno com melodias e canções que recrio no silêncio da mente. Esse costume, quase um tique, sempre me acompanhou durante a vida, com mais ou menos força, especialmente enquanto caminho ou, disperso, deixo as rédeas do pensamento meio soltas. Vez por outra, o tique avança noite adentro, e chego a executar vivamente durante o sono, com requintes de arranjo, harmonia e orquestração, assim creio, uma ou outra peça instrumental ou canção de especial agrado (o recital sonâmbulo da palestra sobre Machado não menos que o *playback* de "Águas de março" no táxi carioca, voz, violão e batuque, são frutos do mesmo cacho).

Daquela feita, entretanto, a coisa extrapolou todos os limites. Pois acontece que fui abruptamente arrancado do sono por nada menos que uma execução invasiva de "Dio como ti amo" (!), tocada em alto volume, como se alguém tivesse implantado um iPod no meu sistema nervoso central. O surto só foi estancado quando, no início da quarta repetição, movido pelo desespero daquele assalto absurdo e inexplicável, resolvi tentar combater fogo com fogo. Desci de pijama até a sala, botei o *Sergeant Pepper* no toca-CD e girei o botão do volume até a máxima altura que o adiantado da hora permitia.

O remédio surtiu efeito: a música boa expulsou a música ruim. Desliguei o som, confirmei a vitória, balancei repetidamente a cabeça e tomei um gole de conhaque no abençoado silêncio da madrugada. Ao voltar para a cama, entre aliviado e aturdido, percebi que ouvia um estranho zunido, como cigarra longínqua. A decisão foi selada ali mesmo, em caráter irrevogável. "Acabou a conversa", disse, antes de pegar no sono, "isso tem de parar de algum jeito!" Na manhã seguinte, não titubeei: marquei hora com um neurologista — para o mesmo dia.

5

Tudo o que sabemos sobre o mundo e sobre nós mesmos é produto da nossa mente. E o que nos vai pela mente — é produto do quê? De onde surge e como se processa a atividade mental que responde por tudo que sentimos, pensamos e sonhamos? Qual a origem da exuberante fauna e flora da nossa consciência e vida interior?

As especulações sobre o sítio da vida mental humana se perdem na noite dos tempos. No mundo arcaico, ao que parece, havia a crença de que nem tudo o que nos vai pela mente tem origem no nosso corpo. Os sonhos noturnos e os delírios; as inspirações súbitas e o transe dos amantes; as paixões furiosas e o arrebatamento dos feitos heroicos eram percebidos e vividos como manifestações ou intervenções de origem extranatural — como a invasão de alguma força divina ou demoníaca no espírito dos homens.

No *Dom Casmurro*, é curioso notar, Machado se refere à noção de que os sonhos noturnos, antes de se tornarem "filhos da memória e da digestão", eram sentidos como uma espécie de visitação divina ou de transporte à "ilha dos sonhos" onde a noite tinha o seu palácio: "Mas os tempos mudaram tudo. Os sonhos antigos foram aposentados, e os modernos moram no cérebro da pessoa".

(Qual a fonte desse aparte? Talvez uma pista seja a análise de William Hazlitt sobre a tendência inerente ao avanço da ciência de cercear os voos da imaginação e podar as asas da poesia. "O território da imaginação", afirma o crítico inglês nas *Lectures on English poets*, "é sobretudo o visionário, o desconhecido e o indefinido: o entendimento [racional] repõe as coisas nos seus limites naturais e despoja-as de suas pretensões fantasiosas. [...] Jamais poderá haver outro sonho como o de Jacó; a abóbada celeste, desde aqueles tempos, tornou-se mais longínqua e afeita à astronomia." O livro de Hazlitt, publicado em 1818, não consta todavia do que sobrou da biblioteca de Machado.)

A ideia de que a mente reside no corpo, e de que este responde pelo que se manifesta naquela, passou por diversas variantes e extravios antes de aportar no cérebro. Entre os gregos antigos, por exemplo, foi popular a crença de que o fígado seria a sede das nossas paixões e desejos, bem como das flutuações do ânimo; um vestígio dessa concepção permanece vivo na linguagem: o termo *melancolia* deriva das palavras gregas *melas*: "negro" + *khole*: "bile" — a produção excessiva da bile secretada pelo fígado seria a causa dos estados sombrios e depressivos da mente.

Aristóteles, por sua vez, considerava o coração — e não o cérebro — o órgão responsável pelas emoções e pelo controle dos movimentos do corpo; evidência disso, sustentava ele, era o fato de que as galinhas podiam ainda correr por algum tempo mesmo depois de degoladas; o cérebro limitar-se-ia a servir como uma espécie de órgão resfriador da temperatura do sangue.

A descoberta de que o cérebro é o sítio da mente — o lugar onde os eventos da nossa vida mental, sem exceção, se produzem — foi feita por médicos e filósofos gregos da escola hipocrática no século v a.C. A passagem em que Hipócrates destaca o papel do cérebro na existência humana, no contexto de uma refutação da crença dominante em seu tempo de que a epilepsia seria uma "doença sagrada" ou punição divina, é digna de registro — a serena limpidez do enunciado sobrepuja a distância no tempo:

"Os homens têm de saber que é do cérebro, e tão somente dele, que surgem nossos prazeres, alegrias, risos e divertimentos, bem como nossas tristezas, dores, pesares e lágrimas. É por meio dele, em particular, que somos capazes de pensar, ver e ouvir, e de distinguir o feio do belo, o mau do bom, o prazeroso do desprazeroso. [...] É no cérebro, ainda, que se dão a loucura e o delírio, assim como é ele que inspira temores e medos à noite ou de dia, que causa a insônia e o sonambulismo, pensamentos que não vêm, deveres esquecidos e excentricidades. Todas essas coisas de que padecemos provêm de uma condição enferma do cérebro; ele pode estar mais aquecido ou mais frio do que deveria estar, ou úmido ou seco em demasia, ou em algum outro estado anormal."

O que Hipócrates jamais poderia supor é que, cerca de 2500 anos depois da sua descoberta, a busca fervorosa do sagrado e a da salvação pela fé religiosa é que viriam a ser explicadas como "consequência de um certo tipo de epilepsia na chamada área temporal do cérebro", como propõe o biólogo Francis Crick, codescobridor do DNA: "Pessoas com esse tipo de epilepsia frequentemente tendem a ter um comportamento religioso exagerado; uma figura histórica como são Paulo foi quase certamente epiléptica; em tempos mais recentes, Dostoiévski foi com certeza epiléptico. Muitos experimentos estão sendo feitos para ver se é possível induzir experiências religiosas excitando-se o cérebro".

Se Freud chocou as almas piedosas de seu tempo sugerindo, em *Totem e tabu*, que a religião tinha um parentesco com a neurose obsessiva, da qual seria uma forma branda, Crick propõe que se vá um passo além: a experiência religiosa seria, no fundo, uma pequena embriaguez convulsiva de que padecem, em graus variáveis, os cérebros sujeitos a descargas elétricas anormais no lobo temporal.

A hipótese de Crick, vale notar, condiz com a observação de filósofos que se dedicaram ao estudo do temperamento religioso como Nietzsche: "Em seguida ao treinamento de penitência e redenção encontramos tremendas epidemias epilépticas, as maiores de que fala a história, como as danças de são Vito e são João na Idade Média"; William James: "Os gênios da religião amiúde se revelaram portadores de sintomas de distúrbio nervoso"; e Cioran: "A maior parte dos agitadores, visionários e salvadores ou foi epiléptica ou foi dispéptica".

Se para os gregos arcaicos, contra os quais se insurgiu Hipócrates, a epilepsia era uma doença sagrada, para a neurociência do século XXI é a experiência efusiva do sagrado e da presença divina, com seus transportes, transes e alucinações, que se revela o subproduto de uma síndrome epiléptica.

6

A consulta durou menos que o esperado. O médico, dr. Antero Jordão, homem de muitos títulos e diplomas (toda uma parede) mas poucas palavras, não quis saber dos meus traumas de infância, amores ou recalques. Leu em voz alta a minha ficha e ouviu meu relato sem manifestar o menor traço de surpresa ou curiosidade pelo que eu dizia; nada do que pudesse contar, suspeitei, seria capaz de impressionar alguém como ele, com décadas de profissão nas costas. Limitou-se a fazer três perguntas secas: se eu havia sofrido alguma convulsão no passado; se os episódios que acabara de relatar tinham sido acompanhados de náusea, vômito, gosto ruim na boca ou sensação de fraqueza nos braços e pernas, e se eu tinha, por algum acaso, batido a cabeça ou levado um tombo recentemente.

Três vezes respondi que não. Ato contínuo, ele ordenou que fizesse *o quanto antes* uma bateria de exames — sangue, eletroencefalograma com vinte e quatro horas de monitoração, ressonância magnética do cérebro — e foi logo avisando que só de posse dos resultados poderia oferecer um diagnóstico. Como eu insistisse, porém, em algo mais concreto — alguma coisa que pudesse ruminar até o veredicto definitivo —, ele revelou que trabalhava com três hipóteses: uma epilepsia local branda (*petit mal*), um pequeno acidente vascular ou um tumor. "Prefiro não especular antes de termos os exames, seria inútil e prematuro", despachou-me com sua voz firme e metálica, "em breve saberemos a resposta."

Cumpri à risca suas ordens, apesar do ônus: *três dias* de lei seca, sem bebida, no exato momento em que tudo na vida parecia clamar por ela. Enquanto me submetia ao périplo dos laboratórios, resignado à demora nas salas de espera ou às voltas com a estranheza e o tédio dos procedimentos, comecei a refletir.

Era estranho, pensei, nunca me ocorrera antes, mas de repente me dei conta de que o que eu sabia sobre o meu cérebro era parecido com o que sei sobre o meu fígado: *perto de nada*. Acontece, porém, que o cérebro de uma pessoa não é um órgão passível de troca, como são os outros órgãos do corpo; ele não é uma parte do organismo que possa ser substituída por outra equivalente, se for o caso, por meio de um transplante ou do implante de um órgão artificial. Todo o resto do meu corpo, constatei — pernas, braços, artérias, pulmões, órgãos do aparelho digestivo —, tem um quê de adventício: são peças e pedaços passíveis de reposição por substitutos mais ou menos aptos a cumprir as funções do original. O cérebro não.

O meu fígado *é meu*. Se ele pifar, paciência, troca-se por outro — é entrar na fila e esperar. Há países, como o Irã, em que órgãos humanos são negociados ao abrigo da lei; não deve andar longe o dia em que órgãos e tecidos avulsos, feitos a partir de células-tronco, poderão ser rotineiramente fabricados em laboratório, conforme a necessidade do freguês. Trocar um rim ou uma válvula cardíaca defeituosa se tornará tão corriqueiro como usar um estepe ou substituir o carburador de um automóvel — terminado o serviço, o motorista reassume o volante e a viagem prossegue normalmente.

Mas e o meu cérebro? O meu cérebro não é propriamente *meu*, como o fígado, os rins ou os demais órgãos do corpo — o meu cérebro *sou eu*. Se ele for transplantado para o corpo de outra pessoa (supondo que isso seja tecnicamente possível), *eu irei junto*; eu passarei a habitar outro corpo, é verdade, mas continuarei sendo em essência a mesma pessoa: a minha identidade e todo o meu universo mental estarão a salvo, como que de casa nova. Quem me conhecia ainda do outro "endereço", antes do transplante, logo poderá constatar que, apesar da mudança de casa e cenário, o fio do meu enredo não foi rompido; por detrás da nova aparência e do meu corpo recauchutado (oxalá mais bem-apessoado agora), o velho inquilino permanece o mesmo. Num transplante de cérebro é melhor ser o doador que o receptor.

Imagine por um momento que o meu cérebro atual pifou e precisou ser trocado por um novinho em folha; suponha, ainda, que o progresso da medicina permitiu efetuar a troca usando um cérebro criado em laboratório e cultivado a partir de minhas células-tronco, de modo que o órgão implantado é geneticamente idêntico ao retirado — o que resta de mim neste novo ser? Bastaria um minuto de conversa para constatar que, não obstante a perfeita semelhança externa entre nós, a pessoa derivada do transplante não tem mais nada a ver comigo. Ainda que o veículo seja o mesmo, pelo menos na aparência, o piloto é agora um absoluto nada, um ninguém: a carcaça de um homônimo oco, o cadáver adiado de um clone. Perda total.

E, no entanto, pus-me a questionar, o que sei de fato sobre o cérebro que me faz quem sou? Tudo que se passa nessa espantosa "caixa-preta" — e que é a essência do meu ser — se encontra vedado à minha introspecção. Embora tenha acesso ao que transcorre em minha mente — aos meus pensamentos, desejos, memórias e recitais silenciosos —, o que me vai pelo cérebro se afigura inteiramente fora do alcance dos meus sentidos e da minha consciência.

Veja o meu caso. Padeço de perturbações mentais das quais tenho aguda consciência. O meu acesso introspectivo a elas é imediato e avassalador — a simples menção de "Dio come ti amo" me dá calafrios. Mas tudo indica que essas bizarras manifestações não passam de sintomas do que está verdadeiramente errado comigo; de alguma avaria ou transtorno no funcionamento normal do meu cérebro. Os sintomas mentais estão para a neurofisiologia avariada assim como a fumaça está para o fogo. Foi o cheiro de fumaça que me levou a um consultório médico, assim como é a tentativa de detectar os focos do incêndio que me põe na roda da parafernália de técnicas diagnósticas.

O que poderiam ser todos esses surtos e maluquices rondando a minha cabeça? No fundo, é como se o meu cérebro estivesse querendo me dizer alguma coisa, passar uma mensagem ou sinal de alerta, mas tudo numa língua cifrada da qual não faço a mais remota ideia. O resultado dos exames e o diagnóstico médico é que se encarregarão, se tudo correr bem, de decodificar os sinais e traduzir em termos inteligíveis a natureza do alerta que o meu cérebro tenta me enviar. Que tipo de anomalia estaria por detrás da fumaceira que escancarou a vastidão da minha ignorância sobre mim? Tudo isso, é claro, supondo que o médico esteja na pista certa. E se os exames não revelarem nada — haveria outros a serem feitos? E se eu estiver simplesmente enlouquecendo?

7

Delírio inaugural, racionalizações, novos delírios, consulta, bateria de exames, diagnóstico: o circuito foi tortuoso, mas a mensagem cifrada do meu cérebro finalmente alcançou a consciência do destinatário — e veio clara e contundente como um torpedo. "O resultado da ressonância é inequívoco", sentenciou o dr. Jordão, "a sequência de transtornos e alucinações hipnagógicas que o vêm atormentando ultimamente resulta de um pequeno tumor alojado no lobo temporal direito do seu cérebro."

Fiquei petrificado. "O quadro é potencialmente grave, exige uma pronta resposta, mas não é o caso de desesperar", prosseguiu o médico, "tudo vai depender da biópsia que revelará o tipo e a agressividade do tumor. Recomendo fortemente que você faça uma cirurgia, o mais depressa possível, a fim de extirpá-lo; felizmente, pelo tamanho e localização do neoplasma, a operação em si não representa maior risco."

Em seguida, ele abriu a pasta com os meus exames e indicou com o dedo o ponto exato onde era possível visualizar o tumor. "Aqui está: é próximo à área do cérebro ligada ao sistema auditivo cortical primário; não há um minuto a perder", emendou. "E, se você aceita uma sugestão, o dr. Tardelli, estamos juntos na clínica há muitos anos, é um cirurgião perfeitamente qualificado, tem vasta experiência em cirurgias desse tipo e com certeza vai deixá-lo novo em folha. Minha secretária, se você quiser, pode agendar agora mesmo uma consulta com ele."

No caminho de volta para casa, aturdido pelo golpe inesperado, fui tragado por um turbilhão de pensamentos. "Logo comigo!" A ideia de que o fim podia estar próximo, de que a minha vida, então, tinha sido *aquilo, só aquilo e nada além daquilo*, pareceu-me insuportavelmente sombria e macabra, como o riso de hienas num funeral. "Não vai acontecer comigo, não pode ser!" Procurei me consolar imaginando cenários ainda piores que o meu: podia ter sido atropelado; podia ter sido convocado para uma guerra; podia estar em coma, na UTI, vítima de um derrame ou de uma bala perdida...

Logo a seguir me veio à mente o caso de Dostoiévski, absolvido da pena de morte a que fora injustamente condenado por um delito político, jovem ainda, graças a um indulto do czar Nicolau I recebido minutos antes do fuzilamento, quando tudo parecia terminado para ele. Recordei ter lido e me animado a copiar em algum lugar — onde estaria? — a impressionante carta que ele escreveu ao irmão mais velho, Mikhail se não me engano, sob o impacto do trauma, antes de partir para o presídio na Sibéria — a "casa dos mortos" — onde haveria de cumprir a pena de exílio e trabalhos forçados a que fora condenado. (Dostoiévski e seus companheiros de paredão nunca souberam, nem eu tinha noção quando li sobre o caso na faculdade, mas o drama da execução e do perdão providencial não passava de uma elaborada farsa: uma encenação montada pelo regime czarista com o propósito de quebrar o ânimo e aterrar o espírito dos jovens agitadores.)

Preciso achar e reler essa carta, anotei na memória, e foi precisamente o que me pus a fazer assim que cheguei em casa e subi correndo as escadas rumo ao escritório. E lá estava ela, copiada à mão na contracapa de um antigo caderno de estudo: *Não me sinto abatido, não perdi a coragem, meu irmão. A vida está em toda parte, a vida reside em nós e não no mundo que nos rodeia. Perto de mim haverá homens, e ser um homem entre homens, e sê-lo sempre, em quaisquer circunstâncias, sem desfalecer nem tombar, eis o que é a vida, o verdadeiro sentido da vida.* "Isso é grandeza, isso é coragem!", repeti comigo, buscando tonificar o ânimo. Em nenhuma hipótese posso me deixar abater, fraquejar o espírito, perder a fibra; se tiver mesmo de morrer, pois bem, que seja! — morro de pé, sem lamúrias, sem refecer o brio, morro como um guerreiro.

O fato, porém, é que no fundo da alma, apesar de tudo, eu não me sentia pendurado à vida por um fio. Por algum motivo obscuro, simples desejo cego e irrefreável talvez, eu pressentia que aquele não seria ainda o meu fim; alguma coisa aconteceria e me salvaria do pesadelo, só podia ser isso, por mais que o meu intelecto frio teimasse em contrapor, sem dó ou comiseração, que aos trinta e poucos anos, com um tumor alojado no cérebro, a sombria verdade era só uma: o prognóstico era péssimo.

O intervalo entre a descoberta do tumor e a cirurgia foi misericordiosamente curto. Pedi licença da universidade, avisei parentes e amigos, todos impecáveis na expressão de choque e solidariedade, e cumpri os exames pré-operatórios. O dr. Nelson Tardelli, de quem vim a me tornar amigo, inspirava minha total confiança; logo que nos vimos, na primeira consulta, percebemos que já nos conhecíamos de vista, pois ele era o irmão mais velho de um ex-colega de ginásio. A expectativa da operação exacerbou a minha veia supersticiosa; passei a detectar sinais e presságios do meu futuro em toda parte, quase sem pensar no que fazia. O reencontro de um rosto familiar naquela hora crítica não tardou a se encaixar no esquema e foi prontamente assimilado, sabe-se lá por quê, como ótimo augúrio.

Da cirurgia em si, mais de oito horas na mesa, só recordo as preliminares: a cabeça sendo raspada e a agulha do anestésico intravenoso picando a dobra do antebraço. Era minha primeira viagem desse tipo: um mergulho no breu. Um sono de outra ordem e potência, se é que a palavra *sono* é cabível: absoluta supressão do tempo e do fluxo da consciência — um sono de ninguém. Haveria prévia mais completa e definitiva do que o após-a-morte e o pré-nascimento, eternidades fora do tempo, por tudo que sabemos, podem representar? Para todos os efeitos, podia ter empacotado ali mesmo.

O retorno ao reino dos vivos foi gradual. Ao recuperar uma nesga de consciência, senti os membros do corpo paquidérmicos e doloridos, como se tivesse sido espancado a pauladas; depois adormeci de novo, despertei melhor, e fui me acostumando. O clímax do dia — momento mágico e inesquecível — foi quando o dr. Jordão entrou de repente no quarto, cumprimentou a enfermeira, esboçou um sorriso, e disse ter ótimas notícias. "Você tem muita sorte." A operação tinha sido bem-sucedida, e, melhor, o tumor era não só de baixa malignidade — um tipo de câncer chamado oligodendroglioma (dou o nome completo, preciso manter boas relações com ele) — como de reduzida probabilidade de reincidência. "O próximo passo", avisou antes de se retirar, "é a radioterapia, coisa de um a dois meses no máximo, dosagem mínima; terminado o tratamento, você poderá ter uma vida normal."

Exultei. Depois de tantas notícias ruins, aquela me fazia ressurgir das trevas. Sentenciado e salvo pelo giro da roleta molecular, sobrevivi. Desvairada alegria. Tive ímpetos de sair saltando de felicidade e golpeando o ar pelo quarto, como quem acaba de marcar o gol da vitória na final do campeonato, como se um megaton de sombra e terror tivesse se despregado do peito, como um súbito transbordar da alma (perdoe a efusão, mas era a minha vida no patíbulo). Inebriante alívio.

Quando a primeira onda de júbilo baixou, procurei mentalmente um czar diante do qual pudesse prostrar-me e expressar a minha infinita gratidão pelo providencial indulto, mas não me ocorreu ninguém. A natural alternativa, no entanto, não demorou a se oferecer: ela estava ali, bem diante dos meus olhos. Rendi merecida homenagem — sutil porém certeira — aos dotes e encantos da jovem enfermeira, Ivani, que me atendia no quarto. Ela sorriu. Minha sentença de morte, respirei, estava adiada *sine die*. Era como um segundo nascimento. Se a vida é um lapso de tempo finito mas de duração incerta, a fresta do desconhecido é só o que basta para nos sentirmos infinitos. O futuro que se ignora ilumina de esperança o presente.

8

A engenhosidade humana desafia — e eventualmente supera — o engenho do próprio homem. Em 1997 o Deep Blue, um computador fabricado pela IBM, derrotou o russo Garry Kasparov, campeão mundial de xadrez.

Ainda que o resultado não desmereça os humanos, criadores do jogo, do torneio e da máquina vitoriosa, a conquista de Deep Blue, desmentindo a opinião dos céticos, não é de pouca monta. Uma partida de xadrez tem duração finita, porém é dotada de uma quantidade quase ilimitada de combinações possíveis: o número total de jogos distintos que as regras do xadrez permitem gerar é nada menos que 10^{120}, ou seja, muito acima do total de estrelas da Via Láctea, estimado em 10^{11} ou 100 bilhões, e por certo mais do que a nossa mente finita alcança conceber. Mas, se a aptidão humana é capaz de progredir indefinidamente na criação de autômatos e robôs cada vez mais inteligentes, flexíveis e sofisticados, inclusive no uso da linguagem, então é difícil supor que exista um fosso *a priori* intransponível entre o que entes eletromecânicos e primatas superiores como nós podem fazer.

O verbete sobre "a ética da manipulação cerebral" no *Oxford companion to the mind* (um compêndio que reúne ensaios assinados por especialistas e cobre de A a Z o estado atual das pesquisas sobre o cérebro e a mente nas diversas disciplinas) propõe que um cérebro humano adulto, modificado e calejado pela vida, pode ser comparado a uma espécie de tabuleiro de xadrez de extraordinária complexidade — a maior de que se tem registro no universo — no qual a disposição das peças reflete o desenrolar e a identidade de um jogo específico.

No curso normal de uma vida, a configuração das peças sobre o tabuleiro — estamos falando, entre outras coisas, de cerca de 10^{11} ou 100 bilhões de células nervosas (neurônios) e de 6×10^{13} ou 60 trilhões de interconexões (sinapses) entre elas — vai sendo constantemente redesenhada pela ação conjunta de fatores biológicos, como a herança genética e o envelhecimento celular, e ambientais, como as nossas experiências pessoais e educacionais, hábitos de consumo e acidentes de percurso.

Assim como no xadrez, o movimento das peças no tabuleiro cerebral obedece a um conjunto de regras que preservam a continuidade e a identidade de uma dada partida. Nenhum cérebro humano é igual a outro — a microestrutura dos nossos cérebros chega a ser mais individualizada que os nossos rostos e impressões digitais —, e somos todos, por assim dizer, *jogos em andamento*.

A engenhosidade humana, entretanto, modifica esse quadro. Isso acontece na medida em que a criação e a aplicação de novas técnicas de manipulação externa das peças no tabuleiro cerebral produzem resultados clínicos e experimentais que vão muito além do que as regras naturais de movimento — biológicas e ambientais — poderiam por si mesmas ensejar.

Uma neurocirurgia, por exemplo, consiste numa intervenção externa, feita de fora para dentro sobre o tecido exposto, e de acordo com métodos radicalmente distintos dos que prevalecem no curso normal do xadrez cerebral. Como todo lance de desespero diante de uma situação desesperada, o risco é provocar uma "virada de tabuleiro" ou a interrupção da velha partida e o início de outra inteiramente nova, como costumavam ser as lobotomias dos anos 50 e 60, feitas rotineiramente — e como se fossem a última palavra da medicina de ponta — com um picador de gelo comum.

Intervenções brutais desse tipo propiciaram achados importantes no campo da anatomia e da fisiologia do cérebro, e grandes nomes da moderna neurociência, como Wilder Penfield e Benjamin Libet, souberam tirar excelente proveito, em suas pesquisas com a estimulação elétrica de regiões pontuais do córtex, do tálamo e da medula espinhal, desse laboratório vivo de cérebros abertos e submetidos, com fins terapêuticos, a toda sorte de fissuras e lesões. Os efeitos desses procedimentos, como era talvez de esperar, revelaram-se com frequência devastadores para os principais interessados — episódios dignos da pior cinematografia de ficção científica *noir*.

O recuo no tempo dá o que pensar. Se o que se fazia de modo corriqueiro na medicina de ponta há poucas décadas parece cruel e injustificável aos nossos olhos, será descabido imaginar que práticas neurocirúrgicas e terapêuticas correntes em nossos dias venham a parecer igualmente aberrantes e quase incompreensíveis aos olhos das gerações futuras?

Ao voltar da anestesia, não demorei a dar-me conta — com razão, espero — de que *ainda estava lá*, de que continuava sendo eu mesmo e de que o fio condutor do meu enredo não se havia rompido mas prosseguia mais ou menos do ponto em que o deixara ao mergulhar no breu total do anestésico. Se eu tivesse nascido em outros tempos — nos tempos, digamos, das bruxas e quimbandas, poções e sanguessugas, ou nos tempos do dr. Bacamarte e da Casa Verde de Itaguaí —, as explicações e tratamentos para a minha moléstia teriam sido bem outras. E duvido que ainda estivesse entre os vivos para contar o que se passou comigo. Graças à ciência e à tecnologia médicas, sobrevivi. E lá se vão dez anos.

A extração do tumor, no entanto, não deixou tudo na mesma. Longe disso. Embora o fluxo da memória e a minha sensação de ser eu mesmo não tivessem sofrido nenhum abalo, o que veio a seguir deixou claro que minha vida não seria a mesma dali em diante. O trauma da doença e a gravidade da intervenção a que fui submetido, a experiência de *morrer antes de morrer* suscitada pelo fantasma de um fim iminente — "Então, é assim?", remoía nos piores dias, "toda a minha vida não passou disso?!" — produziram efeitos duradouros nas minhas circunstâncias e maneira de ser. Li e ouvi opiniões desencontradas, sei que nunca saberei ao certo, mas nem por isso deixo de indagar: até que ponto a operação e a radioterapia não teriam causado perturbações inesperadas no meu cérebro e alterado de alguma forma insuspeita o equilíbrio no campo de forças da minha personalidade?

9

Depois do incêndio, o rescaldo. Do tumor silenciado resultaram três sequelas encadeadas. A primeira, médica, é que fiquei parcialmente surdo: ganhei um zumbido intermitente no labirinto, como som de mosca se batendo em vidraça, e perdi cerca de setenta por cento da capacidade de audição do ouvido esquerdo, segundo o teste de audiometria. Embora irreversível, o quadro é estável.

Os especialistas me situam na fronteira entre os que têm "dificuldade para ouvir" e os "seriamente surdos". Minha condição, portanto, em nada se assemelha à dos profunda e totalmente surdos, sem falar nos surdos de nascença, que jamais souberam o que significa ouvir um som — o distúrbio que levou Samuel Johnson a retratar a surdez como uma das mais terríveis calamidades humanas. A explicação completa da minha surdez — teria sido possível evitá-la? — nunca chegou a ser esclarecida; na medicina, como em outras profissões, a paternidade do sucesso é ferreamente disputada, mas os reveses são órfãos.

Sempre fui de poucos amigos e rarefeita sociabilidade; a surdez exacerbou minha natural propensão ao isolamento. Tenho enorme dificuldade de compreender o que alguém me diz quando há mais de uma pessoa falando ao mesmo tempo, e tornei-me especialmente avesso a qualquer situação em que o nível de ruído ambiente — música de fundo, vozerio, som de TV ligada, cortador de grama, ronco de motores — seja alto. A sensação de caos sonoro produzida pelo bombardeio de sons desconexos passou a ser para mim intolerável.

O lado bom disso, sempre alguma coisa se salva, foi conquistar um álibi imbatível quando se trata de recusar educadamente um convite. A conversa polida dos coquetéis elegantes; as miudezas amáveis de cerimônias, noites de autógrafo e vernissages; as lisonjas de antessala — tudo, em suma, que implique a arte da mascarada social sempre me causou um misto, às vezes mal camuflado, de fastio e exaspero. O déficit auditivo só fez agravar a intolerância. Casamentos, bares e festas ruidosas, nem pensar. O que era potência se fez ato. Raramente me arrisco a sair da toca ou da trilha dos meus dias. De arredio tornei-me caramujo.

Com o tempo percebi que passei a buscar na leitura e na prática da escrita uma compensação pela diminuição do contato com o mundo dos sons e da língua falada. Padeço, é inegável, de uma real deficiência e dependo de condições especiais para apreciar a boa música ou conversar com amigos; enfrento situações embaraçosas, por vezes constrangedoras, com pessoas impacientes ou que ignoram o meu problema.

O contrapeso é que a minha surdez se fez acompanhar de um ganho tangível. Ela me levou a apurar o ouvido íntimo com que me ouço conversar a sós com os autores que leio, dialogar e evocar palavras no recesso da mente. Comecei a investir no dom, desde jovem cultivado, de recriar e entoar melodias no pavilhão psicoacústico. A quietude apura a audição: a surdez me ensinou a ouvir no silêncio e a escutar por mim mesmo. Tenho grandes mestres da música e do pensamento como *intra*locutores.

A realidade, em suma, é que me adaptei à nova situação. Adquiri certo traquejo na arte da leitura labial, desenvolvi faculdades compensatórias e adotei um modo de vida no qual a deficiência auditiva não me obriga a muitos transtornos. Mesmo no primeiro momento, quando soube do dano permanente causado pela operação, o alívio da cura ofuscou por completo o impacto da perda. Era o sol do meio-dia versus uma lâmpada queimada. Se ficar parcialmente surdo foi o custo inevitável do tratamento, então creio que não me saí mal da barganha — e ainda obtive, bônus inesperado, uma bem-vinda compensação pecuniária.

O segundo desdobramento da cirurgia é consequência direta do primeiro. Graças à lesão do aparelho auditivo livrei-me, de uma vez por todas, da obrigação do pão: obtive do Departamento de Letras da Universidade Federal de Minas Gerais uma aposentadoria integral por invalidez. Francamente, sou o primeiro a admitir, não merecia. Mas, se a lei faculta, por que não?

Como a vida muda. Quando passei no concurso e comecei a lecionar, olhava com profundo desprezo para os colegas mais velhos do departamento; professores cobertos de títulos mas que, com raras exceções, arrastavam-se como sombras pelos corredores da faculdade, imóveis no tempo, urdindo passos na carreira e cargos de chefia, ressentidos de sua esterilidade, repetindo há anos o mesmo curso para classes de jovens entediados e abúlicos. E tudo em nome do quê? Tudo em nome da cobiçada cenoura; tudo na simples expectativa, longamente antecipada e gozada, da aposentadoria prometida aos egressos dos órgãos federais de ensino.

Um espetáculo deprimente. "Jamais acontecerá comigo!", costumava dizer altivo.

Pois bem, estimado contribuinte, aqui estou. Embora por uma rota diversa — talvez só por falta de tempo hábil, repararia um cínico —, o porto de chegada deu na mesma: hoje integro a folha dos inativos que estrangula a remuneração e o ânimo dos docentes mais jovens, os poucos que teimam ainda em pesquisar, ensinar e orientar. Se os homens se dividem, como ensina Pascal, em apenas dois grupos fundamentais — *os pecadores que se creem santos* e *os santos que se creem pecadores* —, então confesso pertencer, no caso em tela, às hostes minoritárias do segundo grupo. Para todos os efeitos, busco às vezes me tranquilizar, o que fiz de errado? Fraudei o laudo? Subornei as autoridades? Precocemente aposentado, graças a uma deficiência objetivamente mensurada e a uma aplicação burocrática da lei, passei a viver do erário. Precisar não precisava, porém cedi. Assim, tornei-me um parasita legal. É o que sou.

10

Escritores e cientistas compartem uma ambição: devassar a arquitetura da alma. Em Machado, por exemplo, o tropo é recorrente. "A alma da gente", reflete o narrador de *Dom*

Casmurro, "é uma casa assim disposta, não raro com janelas para todos os lados, muita luz e ar puro. Também as há fechadas e escuras, sem janelas ou com poucas e gradeadas, à semelhança de conventos e prisões. Outrossim, capelas e bazares, simples alpendres ou paços suntuosos." Ao mirar a própria alma, porém, ele admite: "Não sei o que era a minha".

A imagem de uma "janela da alma" que permitisse franquear os subterrâneos da mente aparece no diálogo *Hermotimus*, do poeta satírico Luciano. Quando Hefesto, a divindade do fogo e da engenhosidade técnica, apresentou seu protótipo de homem feito de barro, ele foi criticado por Momo, a personificação grega do escárnio, por não ter aberto no peito do seu artefato uma janela através da qual viesse à luz tudo o que se oculta na mente. A metáfora foi lembrada na *Anatomy of melancholy*, o inesgotável cento renascentista de Robert Burton, antes que Laurence Sterne voltasse a ela no *Tristram Shandy*:

"Se uma vidraça de Momo tivesse sido fixada no peito humano, conforme a emenda daquele arquicrítico, [...] nada mais faltaria a fim de apreender o caráter de um homem, mas ter tomado assento e se aproximado suavemente, como se faria com o visor dióptrico de uma colmeia, e espiado lá dentro — visto a alma toda nua — observado todos os seus movimentos — suas maquinações; — rastreado todas as suas larvas da primeira germinação ao seu rastejar; — ter assistido a ela livre em suas estrepolias e meneios, seus caprichos; e depois de alguma atenção ao seu gestual mais solene, consistente com tais estrepolias etc. — então ter sacado de pena e tinta e registrado nada além do que se houvesse visto, e pelo que se pudesse jurar: — Mas esta é uma vantagem que nenhum biógrafo neste planeta poderá alcançar [...]. Nossas mentes não se refletem através do corpo, mas estão aqui envoltas por um invólucro escuro de carne e sangue não cristalizados."

A neurociência, como um Hefesto moderno, responde ao desafio de Momo. A devassa da arquitetura da alma se dá por três caminhos principais: 1) o estudo dos efeitos mentais observados em pacientes vitimados por algum tipo de lesão cerebral em casos de derrame, tumor ou acidente; 2) o uso de técnicas de visualização de aspectos do *modus operandi* do cérebro em tempo real, como a eletroencefalografia, a ressonância magnética funcional e a tomografia por emissão de pósitrons; e 3) a manipulação de estados mentais por meio da estimulação, desativação ou mutilação experimental de órgãos ou regiões específicos do cérebro. A mesma engenhosidade que, aplicada à natureza externa, produz máquinas inteligentes permite explicitar os alicerces e recessos da mente, como um visor da alma, quando se volta para dentro da natureza humana.

Os organismos cerebrados têm uma natureza bilateral. Embora unificado em suas estruturas mais profundas, o cérebro humano divide-se em dois hemisférios anatomicamente simétricos nas suas camadas superiores, como, por exemplo, os dois conjuntos de quatro lobos (frontal, temporal, parietal e occipital) localizados respectivamente em cada metade do córtex e que representam, juntos, cerca de 80% do volume total do cérebro.

A comunicação entre os hemisférios é feita pelo *corpo caloso*: um feixe de milhões de fibras nervosas que interligam áreas topologicamente similares em cada hemisfério. A função do corpo caloso não é só permitir a troca de informações relevantes, mas, sobretudo, exercer um papel inibidor, ou seja, impedir que um hemisfério interfira indevidamente nas operações deflagradas pelo outro. O corte cirúrgico do corpo caloso — uma prática terapêutica utilizada em casos severos de epilepsia nos anos 50 e 60 — possibilitou descerrar uma curiosa janela voltada para o subsolo da mente.

A cesura do corpo caloso cria uma bifurcação do fluxo mental. Alguns pacientes vivenciaram conflitos internos nos meses seguintes à operação: um, por exemplo, precisou parar de dirigir o automóvel ao constatar que suas mãos disputavam entre si o controle do volante; outro se descobriu na pitoresca situação de tentar abraçar sua mulher com um dos braços enquanto buscava afastá-la de si com o outro.

Se a imagem de um objeto for exibida somente para o olho esquerdo de uma pessoa com o corpo caloso secionado, isso será captado pelo hemisfério direito do cérebro e, por esse motivo, ela não será capaz de nomear ou verbalizar o que acabou de ver, uma vez que, na maior parte dos indivíduos, a capacidade de articular linguagem reside no hemisfério esquerdo e este, dada a cesura, ignora o que o direito presenciou. Essa mesma pessoa, não obstante, é capaz de indicar com a mão esquerda o objeto que corresponde ao exibido.

Um experimento conduzido pelo neurocientista Michael Gazzaniga revela outra faceta da quebra de comunicação inter-hemisférica. Um paciente com o cérebro cindido sorri nervosamente e sente-se embaraçado ao assistir, com o olho direito (hemisfério esquerdo) tampado, à exibição de uma sequência de fotos pornográficas. Quando perguntam a ele, após o término da exibição, por que motivo riu e se mostrou desconfortável, ele afirma que não sabe a razão. Mas, se os pesquisadores insistem na pergunta e cobram dele alguma explicação, o hemisfério esquerdo não se faz de rogado e oferece uma razão plausível: o motivo foi que alguém entrou na sala e o provocou contando uma piada obscena.

A arte de fabular pseudoexplicações do que vai pela mente parece ser uma predileção ocupacional do cérebro. Outro exemplo são as variações extremas no ânimo de viver induzidas mediante a neuroestimulação. A descoberta ocorreu acidentalmente durante um procedimento de estimulação cerebral profunda adotado desde os anos 80 na terapia do mal de Parkinson.

A técnica baseia-se no implante de um eletrodo que emite breves pulsos elétricos de alta frequência. Ao tratar de uma paciente com Parkinson, a equipe liderada por Yves Agid no hospital Pitié-Salpêtrière, em Paris, avançou alguns milímetros no posicionamento do eletrodo e inadvertidamente estimulou uma área adjacente ao núcleo subtalâmico situado no sistema límbico. O efeito disso foi quase instantâneo: a paciente se viu de súbito transportada de um estado de inércia e impassibilidade, característico da síndrome de Parkinson, para uma crise aguda de depressão.

Refeita do acidente, essa paciente autorizou a repetição do teste, para confirmar o efeito, e ainda a gravação em vídeo das suas reações à estimulação: as feições contorcidas, a cabeça presa entre as mãos e a expressão verbal de tristeza, culpa, nulidade e desespero. "Minha cabeça está desabando, não quero continuar vivendo, não quero ver, ouvir, sentir nada..." Quando lhe perguntaram se tinha alguma dor e por que estava chorando, ela respondeu: "Não. Cansei de viver, já passa do limite... Não quero mais viver, estou desolada com a vida... Tudo é inútil, não vale a pena". E, quando indagaram por que estava tão triste, disse: "Estou exausta. Quero sumir num canto... Estou chorando por mim, é óbvio... Não tenho saída, por que fico aqui perturbando vocês?".

Uma vez suspenso o pulso elétrico, todavia, no intervalo de apenas noventa segundos, a depressão sumiu. Nos cinco minutos seguintes, ela ficou num estado descrito como moderadamente alegre, chegando a rir e brincar com os médicos.

Mas, quando o eletrodo foi deslocado mais alguns milímetros no interior do núcleo subtalâmico e outra vez ativado, o quadro sofreu uma inesperada reviravolta. A paciente tornou-se acentuadamente hipomaníaca, parecendo não só alegre, mas como se estivesse "nas nuvens" e estranhamente agitada. Alguns minutos e uns poucos milímetros bastaram para que ela transitasse de uma depressão suicida para uma euforia extática. Razões não faltam.

II

Embora umbilicalmente ligada às duas primeiras, a terceira sequela do tumor pede um capítulo à parte. A mudança que ela descreve não pode ser medida de fora, como o grau da minha surdez ou o valor do meu provento mensal, mas foi ela o berço e a mola mestra de tudo o que veio a seguir. Jovem e desimpedido, solteiro ainda, sem constrangimentos materiais ou amarras familiares, a grande pergunta não demorou a se impor: o que faria do meu tempo de agora em diante? O horizonte à frente parecia se abrir num estonteante leque de veredas, miragens e alternativas. Mas o que eu realmente desejava fazer da vida dali por diante?

O desafio era tudo menos trivial. Creio que a grande maioria dos homens, por razões inteiramente compreensíveis, subestima o tamanho da encrenca, e jamais chega a se dar conta, mesmo que superficialmente, das enormes dificuldades de encontrar uma resposta satisfatória — uma resposta efetiva e que faça sentido *no seu próprio caso* — diante de um desafio desse tipo: acordar todas as manhãs, sem encargos de emprego e família, uma névoa de possibilidades à frente, cada uma com suas promessas e suas exigências, encarar o dia e perguntar-se: "Então, e agora?".

Veja o que acontece, por exemplo, com os felizardos ganhadores de prêmios lotéricos vultosos. Tudo faria crer que, com a fortuna embolsada, eles têm nas mãos a chave de uma vida plena, livre das exigências, mesquinharias e indignidades dos que precisam suar todo mês por um simples ordenado. A realidade, porém, é bem outra. Com muita frequência — cheguei a me inteirar de alguns estudos acadêmicos sobre o assunto — os premiados pelas loterias acabam metendo os pés pelas mãos: fazem opções de investimento temerárias, gastam desmioladamente, perdem o gosto que tinham pelos prazeres comuns da vida, sofrem de tédio, envolvem-se com o abuso de drogas, tornam-se avaros, passam a desconfiar doentiamente das pessoas.

Não faz muito tempo, li nos jornais o caso de um cidadão norueguês. O sujeito ficou tão feliz e radiante ao receber a notícia de que fora premiado com a sorte grande que imediatamente se pôs a beber — era o que sempre sonhara. Pois não é que ele bebeu, bebeu, bebeu, e não parou de beber até que deu entrada na UTI e veio a falecer poucos dias depois? O Rubião de *Quincas Borba*, herdeiro universal de Joaquim Borba dos Santos, o Pangloss de Barbacena, é outro exemplo. Subitamente rico, solteiro e na flor da idade, o ex-professor mineiro partiu da condição de rentista à larga na corte carioca, vivendo como um fidalgo em seu palacete no Rio *belle époque*, e terminou os seus dias maltrapilho e insano, abraçado a seu cão faminto, Napoleão III a nomear ministros na sarjeta de sua cidade natal. "Pagou caro a ambição de suas esperanças."

Os limites e restrições que a vida nos impõe — ou que sabiamente decidimos acatar — são o que muitas vezes nos protege de nós mesmos. A melhor vida para um Casanova, gênio da sedução, não é a melhor vida para um Fernando Pessoa, gênio da criação. O segredo de uma vida plena não se presta a receitas, manuais de autoajuda ou tabelas de valor. Um filósofo dirá que a melhor vida é a contemplativa, um atleta que é a esportiva, e um homem de ação, a vida ativa.

Uma vocação que nos sustente e impulsione vida afora, independente de carreira, aplausos, títulos e remuneração, não é algo que se possa escolher à vontade, como se escolhe, digamos, melão ou baba de moça de sobremesa. Ela não é propriamente escolhida, mas apenas *descoberta* por nós. Ouve-se um chamado distante, vindo não se sabe de onde, até que por fim se descobre o que deveria ter sido claro desde o início mas só em retrospecto, e com alguma sorte, se dá a conhecer: a terra firme que nos recebe e acolhe como destino.

É curioso. Devo à doença a condição de liberdade que, de outro modo, jamais teria podido desfrutar e enfrentar.

Foram o trauma do tumor e as sequelas decorrentes da cirurgia que me instigaram a buscar um caminho que partisse genuinamente de mim, e não de algum estímulo ou pressão externa. Não que a minha atividade docente, pré-tumor, fosse um trabalho alienado, mero batente ou ganha-pão enobrecido. Gostava do que fazia, da rotina de aulas, seminários e intrigas, do contato com os alunos; no curso normal das coisas, não é difícil imaginar, teria feito uma razoável carreira universitária e chegado a me aposentar (oxalá dignamente) assim.

A diferença, contudo, é patente. Nada do que fazia antes, vejo claro agora, representava um vínculo de dedicação plena, uma relação intensamente *pessoal* com o trabalho. Cumpria com o devido zelo o que me competia, mas não havia entrega. Meu envolvimento com o ensino e os estudos literários era antes profissional que passional. Foi só depois do tumor que vim a saber por experiência própria o que significa ser arrebatado por uma genuína paixão intelectual — o que é despertar para um enigma que nos obceca e diz agudo respeito; o que significa embrenhar-se por um ramo do saber, munido de sete estômagos famintos e insaciáveis no cérebro, à caça de pistas e respostas, chaves secretas e explicações; o que é fazer da aventura do conhecimento uma devoção e um destino.

Recuperado da cirurgia, parcialmente surdo e livre de obrigações, descobri a paixão soberana que desde muito cedo se agitava e ansiava por desabrochar em mim: a *libido sciendi* — a paixão pelo saber. Uma força, posso testemunhar, capaz de se tornar tão poderosa como a libido *stricto sensu* do mais impetuoso libertino ou a *libido dominandi* — a gana de poder — que incita e transtorna os contendores mais afoitos na selva espessa da política. Fixado o centro, tudo mais se ordena; sacrifícios aparentes deixam de sê-lo. Troquei os estudos literários pela filosofia e a atividade acadêmica por uma obsessão de conhecimento.

"Quando as necessidades prementes estão satisfeitas", observa Aristóteles, "o homem se volta para o universal e o mais elevado." Foi o que se deu comigo. Assim que satisfiz o imperativo da saúde e me vi desobrigado de ganhar a vida, trilhei a via ascendente aristotélica e voltei-me para o universal e o mais elevado — a busca livre e desinteressada da verdade. O terrível paradoxo, contudo, foi o desfecho inesperado: a teleologia esboroou-se no mecanismo, e a busca do mais elevado no homem me conduziu ao que vai por debaixo e detrás de tudo — a mecânica absurdidade da máquina humana. E se a verdade for a loucura?

SEGUNDA PARTE

Libido sciendi

Se um homem meditar muito a respeito da constituição universal da natureza, a Terra com o homem sobre ela (excluindo-se a divindade das almas) não parecerá muito diferente de um formigueiro, onde algumas formigas transportam grãos, outras, seus filhos, e algumas nada carregam, e todas se deslocam de um lado para outro sobre um montículo de terra.

Francis Bacon

12

A curiosidade está para o conhecimento como a libido está para o sexo. Não há um sem o outro. Eu teria o quê? Quatro ou cinco anos talvez. Lembro que nos primeiros dias do jardim de infância fui assaltado por uma dúvida. Será que minha mãe, minha irmã e meu pai continuam existindo quando estou na escola? Na época, é claro, eu não sabia que perguntas à primeira vista pueris como essa, rigorosamente analisadas, não admitem resposta conclusiva; a palavra reconfortadora de minha mãe — "Mas é claro que sim!" —, ao volante do carro no caminho de casa, era garantia suficiente. E à noite, em torno da mesa de jantar, como de costume, a confirmação: *todos lá*.

Mas são cócegas mentais como essa, indagações normais na vida de qualquer criança ou jovem que ainda não foi corrompido pela narcose do hábito e da familiaridade, que nos fazem sacudir a inércia do pensamento em repouso, vencer o torpor e a apatia, e se abrir para a teima interrogante do saber. A dúvida abre um vácuo a ser preenchido; uma carência a ser saciada pela centelha de uma solução. A inquietação genuína diante de um problema é a modalidade intelectual do desejo.

O que realmente sabemos sobre nós mesmos? Como o pequeno caroço alojado em meu cérebro — uma ridícula saliência menor que um tatu-bola — foi capaz de provocar tamanha barafunda na minha cabeça? Quem penso que sou? Eis a inquietação pela qual fui tomado após a extração do tumor. Se Balzac, segundo consta, teria dito que cada novo romance que ele escrevia — e não foram poucos! — era uma amante que deixava de ter, então eu podia dizer, do meu canto obscuro de ex-professor de província, que agora tinha um amor na vida.

Cada pessoa, é claro, sabe de si — só ela, em todo o mundo, está em condições de saber *o que é ser quem é*. Mas o que me faz — e a cada ser humano em seu próprio caso — ser quem sou? De que modo a pessoa única que me sinto ser — minhas experiências conscientes e tudo aquilo a que tenho acesso introspectivo quando presto alguma atenção no que me vai pela mente — está relacionada *ao que de fato sou*? Ao animal humano de meia-idade, meio surdo, solteiro e sem filhos, e que teve o cérebro escaneado e remexido depois de uma sequência de distúrbios causados pela presença de um neoplasma no lobo temporal direito?

O meu caminho na vida é só meu — uma combinação improvável de acasos, uma concatenação fortuita e peculiar de singularidades. Mas a pergunta em primeira pessoa não tem nada de singular: ela é universal da condição humana. Como o cérebro de que sou portador, uma realidade objetiva, se liga ao universo das experiências subjetivas, conscientes e inconscientes, que me fazem *ser quem sou*? Como passar pela vida sem ter a menor ideia do que significa estar vivo e consciente de si? Como deixar de intrigar-se e não ser tomado de uma curiosidade irreprimível pelo que o enigma humano, desvendado, possa abrigar? Meti na cabeça que, fosse como fosse, sem outro compromisso a não ser a busca intransigente da verdade, não tinha a quem prestar satisfações, eu precisava inteirar-me de tudo quanto se pode saber sobre a relação entre o cérebro e a mente. Nada menos que isso bastaria; nada me deteria nessa empreitada.

13

Curiosa vida tornou-se a minha nos meses e anos que se sucederam à convalescença da cirurgia. Aos olhos do mundo, a monotonia de uma existência sem lustro e um apego canino à rotina: um cotidiano anódino de intermináveis leituras e caminhadas fúteis, o andarilho solitário e sua sombra, alheio a feriados e fins de semana. Eu seguia um ritual executado à risca, sem pressa ou obrigação: a mesma sequência invariável de afazeres, hábitos e itinerários, interrompida apenas pelos reclamos do corpo — o desconforto da fome e o chamado do sono. Passava as manhãs na biblioteca da faculdade — sempre às moscas, exceto em véspera de exame — e as tardes no escritório em casa. Dormia cedo e despertava cedo. Descontada uma visita esporádica ao barbeiro ou à livraria, à casa de um amigo ou ao cinema, quem tivesse visto um só dos meus dias poderia imaginar que tivesse visto todos.

E, no entanto, não teria visto nada. Aos olhos do mundo, admito, eu não pareceria mais que um relógio pontual e inofensivo, marcando horas vadias em dias iguais — um morto-vivo. Mas os olhos do mundo, afeitos à superfície do que acontece, o que podiam ver? Como suspeitariam da aventura de ideias e descobertas que pulsava sob a epiderme daquela tépida rotina de aposentado? Pois a realidade era que eu me sentia mais vivo em minha aparente semivida, aferrado ao meu dia a dia kantiano de estudos e meditação, do que quando parecia animadamente vivo aos olhos de todos, rodopiando no carrossel dos desejos e ambições. Ao abrigo do manto da surdez, fiz da rotina ritualizada o meu escudo protetor — o invólucro de um fervilhante miolo intelectual. Disciplina espartana por fora, vigor inquisitivo ateniense por dentro. A casca protegia o fruto.

Eu não pedia mais da vida. Tinha boa saúde, as finanças em ordem e a consciência em paz. As circunstâncias externas da vida se haviam moldado de acordo com a minha vocação e temperamento. Em criança, filho temporão, fora um menino plácido e solitário. Mesmo na mocidade, nunca perdi um naco de sono transtornado pela cobiça dos bens mais visíveis da vida — a sede de poder, as delícias de Afrodite, a aura da fama. Acalentava, é certo, um sonho intermitente de poeta maldito; a fantasia de uma existência vagamente boêmia, livre de cuidados, no refúgio de um oásis etílico-literário; mas nunca fui além disso. Nunca celebrei os mistérios de Baco com ímpeto desregrado ou evoquei as musas em madrugadas insanas. Cordato, preferia contentar-me com o que tinha a me atormentar pelo que não tinha.

Depois da extração do tumor, nada mais me obrigava a nada. O reino da *libido sciendi* não sofria ameaça visível; às próprias exigências da pulsão erótica eu me furtava sem drama ou embaraço. O tormento de Kafka — "Que fizeste com o dom do sexo?" — não me atormentava, nem eu pretendia salvar a pátria ou o planeta. Posso dizer, sem faltar com a verdade, que abracei os estudos e me entreguei à aventura do conhecimento como tantos devotos obscuros amaram a sua igreja ou amantes abnegados o amor de sua vida. E nada pedia em troca.

O hábito de recolher-me a mim mesmo parecia me tornar imune aos males da vida. Por muitos anos após a cirurgia usufruí regularmente do contentamento que almas serenas encontram no estudo concentrado e na meditação. Vivia entre livros e livros, como se o tempo não contasse. Congratulava-me na certeza íntima de que todo desejo incômodo e inquieto se dissolve no amor da verdadeira filosofia; reconfortava-me na convicção de que possuía uma vida calma e venturosa, e de que poderia desfrutar o resto dos meus dias assim. Até que tudo mudou. Eu procurava, sem saber, o que não conhecia, e encontrei incrédulo e estarrecido o que não supunha. Perdi o tino e a paz. Despertei do meu idílio contemplativo como de um sonho que engendra um pesadelo. Desentendi a mim mesmo.

Padeço de um mal: sofri a desgraça de me conhecer. Tornei-me um estranho aos meus olhos. Preciso pôr em palavras o que não tenho a quem confiar; todos esses anos de estudo, o exílio sinistro em que aportei, o horror metafísico que por longo tempo nem ao ouvido interno ousei denunciar.

Tenho de confessar-me, assim creio, mas seria um erro me precipitar. Uma enxurrada prematura, tudo de uma só vez, causaria apenas embaraço e incompreensão. Devo ir aos poucos, refazer passo a passo o meu périplo de des-conversão; o modo furtivo como se infiltrou em mim a opressão imensa de saber-se um animal que desconfia de todo sentir, desorientado acerca de tudo que aflora à tona da consciência; alguém a quem repugna aquilo que, contra a vontade, descobriu-se ser. É a feição peculiar que em mim tomou a exasperação do senso do absurdo. Serei capaz de me fazer entender?

14

O problema da relação mente-cérebro. Dito dessa forma solene poderia parecer que se trata de uma questão técnica e abstrusa, afastada das realidades da vida; o tipo de assunto que só interessaria a cientistas de jaleco, filósofos e especialistas em doenças nervosas. Nada mais falso. No meu caso, é verdade, o tumor teve papel crucial. Mas depois que passei a estudar e a ruminar o assunto, percebi que do berço ao túmulo estamos a todo instante às voltas com ele, ainda que mal o notemos. Do mais sério ao mais distraído, cada um de nós traz consigo um conjunto de crenças espontâneas sobre a relação que existe entre o nosso corpo — cérebro incluso — e o nosso mundo mental — "a exuberância tropical brutamente caótica da vida interior", no dizer do filósofo americano Thomas Nagel.

Os primeiros e decisivos passos na fixação dessas crenças se dão na tenra infância. Quando um bebê começa a firmar a atenção visual e a perceber obscuramente que o seu corpo não se confunde com o resto do mundo e que existe uma clara fronteira entre ele e os objetos que o rodeiam; quando ele percebe como alguns movimentos que faz com os braços e as pernas *partem dele* ao passo que outros movimentos — como quando o suspendem e balançam — são produzidos de fora para dentro; quando ele aprende que, ao beliscar o braço da irmã, a irmã grita e ele nada sente e que, quando a irmã belisca o seu braço, isso dói e ele grita mas a irmã apenas sorri; quando essa criança percebe, em suma, que certas coisas estão ligadas à sua vontade ao passo que outras, estranhamente, não, ela está na verdade aprendendo a andar com as próprias pernas no seu mundo mental em formação — ela está engatinhando na constituição de uma rica e intrincada rede de crenças sobre a relação mente-corpo que farão parte da sua vida para o resto dos seus dias. Todos nós passamos por isso.

No outro polo da vida, o enlace mente-cérebro não é menos conspícuo. Um idoso que se torna dependente de soníferos por causa da insônia e constata que sua memória recente se esvai a olhos vistos ao passo que lembranças do passado remoto afloram à consciência sem pedir licença (e sem que ninguém consiga lhe dizer ao certo se isso é normal da idade ou algum mal incipiente); um homem lascivo a descobrir, com o passar dos anos, que a tirania dos desejos do corpo perdeu a antiga força, e que isso lhe traz o alívio de uma estranha paz; uma anciã jovial e vaidosa que, por mais que tente fazê-lo, nunca é capaz de sentir-se, no espelho da mente, com a idade que seu corpo, diante do espelho da física, insiste em mostrar que ela tem; um doente terminal que passa a refletir, como nunca fizera até então, sobre o que será *dele* quando a hora fatal chegar — estão todos eles, conscientes ou não do fato, lidando com temas e inquietações a respeito da relação mente-cérebro. Muitos de nós passaremos — se é que já não passamos — por algo parecido.

Das intuições pré-linguísticas da primeira infância aos delírios e regressões típicos da senescência, a eclíptica da vida mental se completa. No intervalo entre esses extremos, e por menos elaboradas e articuladas que sejam suas concepções, todo ser humano tem um quê de filósofo espontâneo ou de metafísico principiante — ele traz na bagagem uma rede de crenças e noções sobre o que significa ser um homem dotado de consciência e vontade própria, e sobre a relação que ele e a humanidade em geral guardam com o universo em que vivem. Que tipo de ser é o bicho-homem e no que ele se diferencia dos demais seres vivos? De que forma o nosso corpo e a nossa vida mental se encaixam no mundo natural a que pertencemos?

Quando me refiz do pós-operatório e mergulhei na minha febre de estudos, eu nunca havia até então buscado de fato tomar pé do que acreditava ou deixar claro para mim mesmo o que pensava sobre indagações como essas. Alimentava, é certo, uma ou outra cisma e suspeita encruada, vagas ideias à espera do facho da atenção; mas não passava disso. Na prática, aceitava implicitamente as noções que faziam parte do meu ambiente formativo e que naturalmente me pareciam ser as mais sensatas e plausíveis. Contentava-me em manter, como que em banho-maria, certo equilíbrio pré-reflexivo, calcado naquilo que se poderia chamar de crenças espontâneas ou senso comum sobre a relação entre o corpo e a mente.

Que crenças eram essas? Não é uma pergunta simples. Ao tentar respondê-la, dei-me conta de que não é coisa fácil para o ser humano apreender impessoalmente a si próprio e à maneira como vê o mundo; percebi que fazer isso exigia uma postura distinta daquela a que estamos habituados na vida comum. Precisava de algum modo me afastar e recuar de mim mesmo, alcançar um grau de distanciamento que me permitisse *olhar-me de fora*, o mais friamente possível, com o mesmo espírito com que um botânico coleta e examina variedades de orquídeas ou um musicólogo analisa a partitura de uma sonata.

Daí que, à medida que prosseguia nos estudos, adquiri o hábito e a disciplina de não só resumir pacientemente os textos que ia lendo, mas também registrar por escrito, em cadernos de estudo, os pensamentos, dúvidas e inquietações que as leituras suscitavam em mim. Trabalhar nos cadernos tornou-se para mim um exercício diuturno: uma prática meditativa e uma disciplina por meio da qual procurava manter uma espécie de diário de bordo da minha jornada de estudos e uma memória objetiva, passível de ser reexaminada e externamente avaliada, dos meus solilóquios investigativos.

15

Existirá algo semelhante a um *senso comum* sobre esse peculiar amálgama de realidades corporais e mentais que se faz manifesto na vida de cada um de nós? Variações e idiossincrasias pessoais à parte, é possível constatar a existência de um entendimento compartilhado — um senso comum pré-reflexivo e razoavelmente robusto, embora no mais das vezes latente e pouco explícito — acerca da relação mente-corpo.

Nossa rede de crenças espontâneas, adquiridas desde a primeira infância, sobre a natureza dessa relação está alicerçada em *dois pilares*. São eles as bases do que nos torna familiares a nós mesmos, assim como são eles o pano de fundo do que imaginamos prevalecer em relação ao mundo que habitamos, ou seja, ao ambiente de pessoas, seres vivos e objetos com os quais lidamos na vida prática e dos quais dependemos para a nossa sobrevivência e realização.

O *primeiro* pilar é a simples constatação de que parecem existir dois tipos de eventos bem distintos ocorrendo no mundo: de um lado, os acontecimentos que pertencem ao mundo físico externo e que podemos perceber por meio dos nossos cinco sentidos; e, do outro, aqueles que pertencem ao nosso mundo mental, pessoal e subjetivo, e aos quais temos acesso por meio da nossa atenção consciente, introspecção e vida interior.

Os eventos do mundo físico são aqueles que podem ser observados e examinados de fora, ainda que em alguns casos somente mediante o uso de aparelhos sofisticados como microscópios, radares e tomógrafos. Se você ouvir um estrondo repentino, por exemplo, ou sentir o aroma perfumado do jasmim, isso produzirá alterações definidas e passíveis de observação e medida em milhões de células nervosas no seu cérebro. As vibrações sonoras geradas pelo estrondo, os elementos químicos voláteis associados ao aroma de jasmim e os estados do cérebro correspondentes a eles pertencem a esse mundo.

Com os eventos do mundo mental, contudo, não é assim. Tudo o que nos vai pela mente — nossos pensamentos e lembranças, desejos e sensações — pertence à experiência pessoal de cada um e está inteiramente vedado à inspeção alheia, embora possamos tentar comunicá-lo por palavras ou outra forma de expressão. O que se passa em sua experiência interna quando, por exemplo, você *se assusta* com um estrondo abrupto ou *se delicia* com o aroma de jasmim jamais será visto ou vivenciado, percebido ou cheirado por outra pessoa exceto você, não importa quão sofisticadas possam se tornar no futuro as técnicas de pesquisa e os aparelhos de visualização das complexas alterações neurais produzidas pelo que os nossos sentidos transmitem ao cérebro.

Daí que um tumor cerebral possa ser flagrado com total nitidez num exame de ressonância magnética, ao passo que nenhum exame neurológico concebível seria capaz de mostrar a um médico o que se passou internamente na consciência de alguém sob o efeito das alucinações e delírios provocados pelo tal tumor. (O lamento de Woody Allen — "Minha única mágoa na vida é que não sou outra pessoa" — pressupõe o que jamais podemos de fato saber, ou seja, *o que é ser outra pessoa*; suspeito que, se lhe fosse dada a chance, ele em pouco tempo se arrependeria e quereria voltar a ser quem é.)

A atribuição de experiência *mental* aos objetos do mundo — desde animais e outros seres vivos até fenômenos naturais e entes inanimados — é altamente variável. Enquanto um solipsista puro acredita que ele é o único ser dotado de vida consciente em todo o universo, um adepto do pampsiquismo imagina que não existe nada no mundo, nem mesmo as pedras, cachoeiras e bactérias, que não possua algum grau de interioridade e latência mental, por incipiente e rudimentar que seja quando comparado ao que sabemos sobre o nosso caso.

Embora no ambiente arcaico, no qual o corpo e a mente do animal humano se moldaram, prevalecessem crenças muito distintas das nossas sobre a existência de almas, espíritos e vontades na natureza, a grande maioria das pessoas no mundo moderno prefere situar-se em algum ponto equidistante entre os extremos do puro solipsismo e do pampsiquismo radical. A diferença na atribuição de interioridade aos outros seres vivos ajuda a compreender por que a sensação de degolar uma galinha é tão mais perturbadora, para a maioria de nós, que a de matar uma lagartixa ou esmagar uma barata com o pé.

O *segundo* pilar sobre o qual assenta o nosso entendimento comum da vida e de nós mesmos é a crença de que o mundo físico e o mental não são coisas estanques, mas interferem a todo momento um no outro. O que ocorre no meu organismo — cérebro, tronco e membros — influencia o que me vai pelo mundo mental, assim como as minhas escolhas — o que penso e decido fazer — influenciam os movimentos visíveis do meu corpo. O físico e o mental fazem parte de uma mesma realidade, e, como numa movimentada via de mão dupla, o tráfego causal entre eles corre nas duas direções. Ambos se encontram em princípio abertos à interferência e à ação do outro.

Se eu tomar um analgésico, a dor de dente desaparece; se me lembrar de ir sem delongas ao dentista, desloco-me fisicamente até o consultório. Se fumar um cigarro, ficarei mais alerta e animado, mas, quando penso nos males da nicotina, jogo o maço fora. Diante de uma doença grave, o místico se arma da fé e o médico recorre ao arsenal farmacológico. Na hora do medo e do apuro, entretanto, em meio, digamos, a uma súbita pane aérea — "extrema ignorância em momento muito agudo" —, o quadro pode se inverter: o místico aperta o cinto de segurança e veste o colete inflável, enquanto o médico, encolhido feito um feto no assento, desata a rezar. Quem é o ateu?

16

Pois bem: nossas crenças espontâneas sobre a relação mente-cérebro refletem aquilo em que acreditamos. Ocorre, porém, que nem tudo o que acreditamos, por óbvio e familiar que pareça, é digno de crédito. A inclinação natural para acreditar em algo não constitui argumento válido em sua defesa, assim como a simples força de uma convicção não serve como critério de sua veracidade.

Uma coisa são as ideias e crenças que se vieram formando e fixando em nossa consciência, desde a infância, como uma espécie de mobília que fomos herdando, juntando e reunindo em nosso espaço interno; coisa muito distinta, todavia, é a tentativa de pôr ordem na casa, ou seja, examinar criticamente essas ideias e crenças, e avaliar o que merece ficar e o que vai para o despejo. É esta operação-faxina de reavaliação daquilo em que acreditamos — averiguar até que ponto essas ideias e crenças são válidas e consistentes entre si, elucidar os seus pressupostos e o que está efetivamente em jogo — que justifica falarmos do *problema* da relação mente-cérebro.

A história do arco-íris é um belo exemplo. Que cortejo de mitos e fábulas ele não inspirou no decurso das eras! A alma dos ancestrais em festa; o céu ligado à terra por um arco de luzes e cores; a epifania de mensagens divinas; o veículo de profecias e recados do além. Que *código* seria aquele? O que tem a *nos dizer*? A longa e milionária evolução das ideias e crenças espontâneas dos homens sobre o arco-íris — suas causas, significados e variedades — poderia servir de matéria para um vasto tratado de arqueologia intelectual — quem sabe já não foi escrito? — ou até mesmo para um conto borgiano, labiríntico e esotérico, à maneira de "A esfera de Pascal".

Então aparece um Newton. Trabalhando dia e noite em seus aposentos no Trinity College de Cambridge, ele concebe um experimento engenhoso, quase perde a vista ao executá-lo, mas finalmente consegue mostrar o que ocorre quando um simples raio de luz solar incide numa das faces de um prisma de cristal e projeta o seu espectro de cores na parede branca: luz refratada, mistério domado.

Com um singelo par de prismas polidos, Newton enterrou milênios de fantasias a respeito das causas do arco-íris. Nossas crenças sobre esse fenômeno podem permanecer o que sempre foram, mas, a partir dali, o encantador mistério do arco-íris, deleite das crianças e inspiração dos poetas — "Newton destruiu toda a poesia do arco-íris ao mostrar que tudo se reduz a um prisma", lastimou John Keats —, deixou de ser o *problema* do arco-íris. Íris, a mensageira da deusa Juno que descia dos céus à terra caminhando por esse arco, levou um tombo fatal.

17

Tudo está ligado a tudo. Quando um pensamento nos domina, nós o encontramos expresso por toda parte; nós o descobrimos até nos ares boêmios de uma noitada entre amigos, alta madrugada, num bairro do Rio antigo. A paixão intelectual, não menos que a amorosa, tem o maravilhoso dom de relacionar tudo a si; basta ler, observar ou refletir sobre algum assunto, pouco importa o que seja, para encontrar o vínculo que nos remete de volta à órbita da nossa investigação.

Explico-me. Acontece que certa vez em meio aos estudos, quase por acaso, como quem se permite uma pausa ou refresco após dias de áridas e aplicadas leituras, resolvi reler o conto "O espelho", de mestre Machado, ao qual não retornava desde os tempos da tese. E acontece que lá topei outra vez com o "esboço de uma nova teoria da alma humana" — uma conjectura feita pelo ex-alferes Jacobina, homem calado e avesso a polêmicas, por insistência de amigos com quem costumava ocasionalmente reunir-se, num sobrado em Santa Teresa, para tratar de "temas de alta transcendência". O núcleo da teoria? *Cada criatura humana traz duas almas consigo: uma que olha de dentro para fora, outra que olha de fora para dentro.*

Todo trabalho investigativo tem seus momentos, e aquele foi certamente um deles: o achado imprevisto no fundo de um velho baú; a sensação de que fora agraciado com um lampejo aglutinador. Uma vez relida, a fórmula não mais me saiu da cabeça. Não vem ao caso saber se a interpretação dada pelo próprio Jacobina à sua ideia bate com a minha, suspeito que não, mas duvido que se possa encontrar um enunciado igualmente enxuto e exato que melhor sintetize o conflito que há séculos tem permeado as batalhas filosóficas em torno da relação mente-cérebro.

A palavra *alma*, é certo, caiu em franco desuso — eu mesmo hesito em usá-la nos meus cadernos de estudo; mas isso não precisa nos deter. Basta entendê-la aqui, em sentido restrito, como denotativa de tudo o que no ser humano se define em oposição ao corpo, ou seja, como o conjunto das funções psíquicas e estados mentais de uma pessoa, sem nenhuma conotação religiosa ou sobrenatural (a origem do vocábulo, esclarece o *Houaiss*, é o latim *anima*: "sopro; alento; o princípio da vida", um termo equivalente ao grego *psyché*: "sopro; vida; espírito", e normalmente empregado em oposição ao termo grego *soma*: "corpo"; o tratado de Aristóteles dedicado à investigação da psicologia dos seres animados é conhecido pelo título latino *De anima*).

Imerso como eu andava no estudo da relação mente-cérebro, à cata de princípios que permitissem dar mais unidade e coerência a um mundo de ideias que procurava digerir e assimilar, o reencontro da teoria da alma de Jacobina não poderia ter ocorrido em hora mais propícia. A noção de um embate entre as duas almas — a que "olha de dentro para fora" e a que "olha de fora para dentro" — pareceu-me capturar de maneira especialmente penetrante e feliz, como se fosse um raio ordenador, o que se esconde por detrás das duas visões centrais e antagônicas da natureza da relação mente-cérebro na história das ideias: o mentalismo e o fisicalismo.

18

Antes de adquirir a acepção moderna de ruptura ou quebra abrupta e radical de continuidade, a palavra *revolução* denotava o oposto disso. O sentido do termo, derivado do latim *revolvere*, do qual se originou *revolutio*, é "ato de re-volver, rolar para trás, rotação periódica". Uma re-volução significava, portanto, não um salto repentino, mas um retorno ao que era antes; uma volta ao ponto de partida, como no movimento cíclico dos astros ou das marés.

A filosofia é uma disciplina revolucionária, na antiga acepção do termo. Em contraste com a ciência, o impulso de voltar às suas origens e reviver o seu passado pertence à essência da reflexão filosófica. Iris Murdoch, a filósofa e romancista inglesa, faz uma observação pertinente:

"Diz-se algumas vezes, seja irritadamente ou com certa satisfação, que a filosofia não progride. Isso por certo é verdade, mas penso que se trata de uma característica boa, e não lamentável, da disciplina — o fato de que ela está sempre buscando de algum modo ir de volta ao princípio, o que não é nada fácil. Há na filosofia um movimento de mão dupla: ora na direção de teorias mais elaboradas, ora no sentido de voltar atrás novamente, rumo à consideração de fatos simples e óbvios."

Mais que uma especulação metafísica, o eterno retorno é uma predileção ocupacional dos filósofos.

O embate entre mentalismo e fisicalismo — duas formas radicalmente distintas de conceber a condição humana e a relação mente-cérebro — remonta às origens da filosofia ocidental no mundo grego. De lá para cá, é inegável, os argumentos e as evidências que corroboram ou contestam cada uma dessas duas visões sofreram grandes mudanças, principalmente depois que alguns ramos da ciência experimental — como a neurociência, a biologia molecular, a psicologia evolucionista, a inteligência artificial e a neuroeconomia — vieram a campo, nas últimas décadas, e passaram a alimentar com novos achados, pistas e possibilidades um debate que até então havia ficado restrito, com poucas exceções, a filósofos e teólogos.

Apesar do avanço científico recente, entretanto, o cerne do problema filosófico da relação mente-cérebro permanece em essência inalterado desde suas origens no mundo antigo. É no chamado iluminismo grego do século V a.C. que nasce a suspeita de que haveria algo de profundamente errado e enganoso com as nossas crenças e intuições espontâneas sobre o que nos faz quem somos e sobre o lugar do homem na natureza. Tanto as principais correntes filosóficas como as categorias básicas até hoje empregadas na "guerra das ideias" entre mentalistas e fisicalistas — termos de uso corrente como, por exemplo, *matéria, mente, causa, átomo, física, psicologia* e *ética* — são um legado do pensamento grego.

19

Um dos relatos mais cristalinos do conflito entre as visões mentalista e fisicalista na história da filosofia é devido ao *Fédon*, o diálogo em que Platão descreve e dramatiza as últimas horas de Sócrates, preso e sentenciado à morte pelo tribunal ateniense sob a alegação de desrespeito à tradição religiosa e de subversão da juventude.

O cenário agora não é o sobrado de Santa Teresa, onde o alferes Jacobina encara os ardis de um pérfido espelho, mas a cela em Atenas onde o filósofo aproveita sua última tarde vivo para fazer o que mais aprecia: dialogar com um seleto grupo de amigos sobre questões de alta transcendência: quais eram as "verdadeiras razões" de sua conduta no julgamento e depois da condenação do júri? O que esperar do após-a-morte?

Provocado pelo argumento de Cebes de que a alma de cada pessoa é perecível e não sobrevive ao corpo, Sócrates se anima a contar um episódio de sua trajetória pessoal na busca de conhecimento sobre as "verdadeiras causas" de mudança no mundo: o que faz com que as coisas surjam, cresçam e desapareçam? Como explicar as transformações a que estão sujeitos todos os fenômenos da natureza (*physis*), como as estações do ano, o fluxo dos rios ou o ciclo de vida das plantas e dos animais?

Sócrates então relata como, na juventude, quando a sua sede de saber estava no ápice, ele procurou os mais renomados investigadores da natureza para obter resposta às suas indagações. "Seriam o calor e o frio, como dizem alguns, os responsáveis pela constituição dos seres vivos, por meio de um processo de fermentação e decomposição? Seria o sangue, o ar ou o fogo que gera o nosso pensamento? Ou nenhum desses elementos, mas o cérebro, que produz as sensações da audição, da visão e do olfato, dos quais a memória e o julgamento são gerados?" Conta, ainda, ter ficado sabendo que Anaxágoras, um renomado cientista natural, havia escrito um livro em que ensinava que o intelecto (*nous*) "governa e causa todas as coisas", e que ele devorou avidamente a tal obra na expectativa de resolver suas inquietações.

Mas o resultado de todo esse esforço, ele continua, revelou-se desapontador ao extremo. "Pois bem, amigos, essas magníficas expectativas que eu tinha foram fulminadas; pois, à medida que prosseguia em minha leitura, eu deparava um homem [Anaxágoras] que não usava a sua inteligência, e não encontrava quaisquer razões para o modo de ser das coisas, visto que tudo era imputado a elementos como o ar, o éter, a água e muitos outros absurdos." Mas ao fazer isso, argumenta Sócrates, ele perdia de vista as razões e propósitos subjacentes às mudanças, o porquê das coisas, e o mundo ficava reduzido a um ente físico regido por causas puramente materiais.

O absurdo dessa abordagem se tornava ainda mais evidente ao se tentar aplicá-la à sua própria situação:

"Era como se alguém dissesse, primeiro, que Sócrates age com razão e inteligência e, depois, ao tentar oferecer as razões de minhas ações, dissesse que estou aqui sentado porque meu corpo é feito de ossos e tendões, e os tendões ao se relaxarem ou contraírem movimentam os ossos e fazem dobrar as minhas pernas, e que aí reside a causa de eu estar sentado aqui com as pernas dobradas; ou, de igual modo, recorrendo a outras razões do mesmo tipo para o fato de eu estar aqui a falar com vocês, imputando isso a sons vocais, correntes de ar, sensações auditivas e inumeráveis coisas parecidas, porém sonegando a menção das verdadeiras razões."

Porém a verdade, arremata ele, é bem outra:

"Não obstante, as causas reais de eu estar na prisão são que os atenienses houveram por bem condenar-me e eu, de minha parte, julguei que o melhor e mais justo a fazer era permanecer aqui, e submeter-me à pena que me foi imposta; pois saibam, ouso dizer, que estes meus ossos e tendões teriam já fugido há tempos para Megara ou Beócia, impelidos pelo seu juízo do que era melhor, se eu não pensasse que o melhor e mais nobre a fazer não é fugir e correr, mas suportar a pena que minha cidade me impinge."

E, quando chegou a hora, não houve apelo nem indulto. A cicuta foi preparada, e Sócrates ingeriu o veneno "com bom humor e sem o menor desgosto", mas não sem antes rezar aos deuses para que "a remoção deste mundo para o próximo seja feliz". Sob o efeito da cicuta, o seu corpo perdeu gradualmente a sensibilidade, dos pés em direção ao peito, e em poucos minutos os tendões, o coração e o cérebro do filósofo deixaram de funcionar.

20

O que fez Sócrates agir como agiu? Que ele tenha *preferido* morrer ninguém duvida. Em sua autodefesa perante o júri, ele deliberadamente evitou servir-se de expedientes legais que poderiam ter virado o apertado veredicto — diferença de apenas seis votos num total de quinhentos — a seu favor: não recorreu ao arsenal da retórica para persuadir os jurados nem permitiu que sua família (mulher e filhos) fizesse uma cena de forte apelo emocional visando comover o júri. Tudo em sua defesa deveria se ater a uma estrita lógica e racionalidade argumentativa, mesmo que em prejuízo de suas chances de absolvição.

Já na cadeia, enquanto aguardava a execução da pena, os amigos ofereceram a ele a oportunidade de uma fuga e exílio sem riscos, por meio do suborno dos carcereiros. Sócrates descartou a proposta sem vacilar. Apesar da injustiça flagrante de sua condenação, ele arguiu, nada deveria impedir o caminho da decisão tomada pelo tribunal.

Faça-se a justiça, embora pereça a vida. A máxima não é dele, mas ajusta-se como uma luva ao seu caso.

O corpo é perecível. A filosofia platônica, herdeira de certo misticismo oriental, vai ao extremo de considerá-lo uma "prisão" ou "túmulo" do qual a alma se liberta após a morte. Ao escolher ficar na prisão e aceitar a morte, Sócrates abriu as portas da liberação antecipada de sua alma dos grilhões do corpo, a parte terrestre do homem. A expectativa não era pequena: "Um homem que verdadeiramente se dedicou à filosofia sente-se confiante quando está prestes a morrer, e esperançoso de que, quando houver morrido, colherá grandes benefícios no outro mundo".

Mas seria só isso? Suponha que, em vez de escolher a morte exemplar, Sócrates tivesse fugido e morrido no exílio, vítima de uma doença natural. Teria encontrado no gênio poético e filosófico de Platão — ele que jamais pôs por escrito uma palavra do seu pensamento — o veículo de sua fama póstuma e o canal da perpetuação das suas ideias e modo de ser na memória humana?

Seria difícil dramatizar e pintar com tintas heroicas o avanço melancólico de uma amnésia ou demência senil; a marcha da velhice, com suas artrites e varizes. "Passados os desvarios emplumados da juventude, que males estão fora do alcance de um homem?", indaga o coro de *Édipo em Colono*, de Sófocles, peça que estreou em Atenas, no festival de Dionísio, dois anos antes do julgamento de Sócrates: "Um homem irá, por vezes, o mundo ainda desejar, embora tenha visto uma idade decente passar por si — confesso que não vejo sabedoria alguma em tal homem". Se a vida, como já se disse, é uma série de prazos fatais, Sócrates obviamente sabia da aproximação do seu prazo derradeiro. O elemento de cálculo no desfecho de sua vida é irrecusável. Permanecendo preso por livre escolha, ele apostou na imortalidade escolhendo a morte.

Nada disso, entretanto, responde à questão levantada no *Fédon*. Ao inquirir sobre as verdadeiras causas de sua conduta, Sócrates contrasta com clareza duas abordagens polares. De um lado, a visão fisicalista: uma explicação em termos de causas puramente físicas, com base nos mecanismos que regem o funcionamento do seu corpo e sistema nervoso — *a alma que olha de fora para dentro*, como na teoria do seu mentor da juventude; e, de outro, a mentalista: uma explicação em termos de causas mentais, com base nos motivos, crenças, intenções e valores da pessoa — *a alma que olha de dentro para fora*, como ele próprio advoga.

Em nenhum momento do diálogo Sócrates afirma que a explicação física seja falsa ou de todo desprovida de validade. O que ele argumenta é que, apesar de válida em seu âmbito restrito, ela pouco ou nada explica do que de fato importa, ou seja, do *porquê* de uma ação como a sua. A abordagem fisicalista se torna ridiculamente vazia e irrelevante quando o que está em jogo não é a explicação da postura ou deslocamento físico de um corpo, mas a tentativa de realmente dar conta de uma ação intencional, isto é, uma escolha consciente como aquela de acatar, não por imposição ou intimidação, e sim por vontade própria, uma sentença penal. Reduzir a grandeza daquele gesto a um evento meramente físico seria como dar a um reles figurante o papel de protagonista da trama — uma espécie de *Dom Casmurro* em que o padre Cabral, "protonotário apostólico", rouba a cena e toma o lugar de Capitu.

É impossível dizer ao certo até onde vai o Sócrates histórico, filho de um escultor e de uma parteira, objeto de galhofa na comédia *As nuvens* de Aristófanes, e onde começa a ficção dos diálogos, a marionete manipulada pelo Platão-ventríloquo para promulgar suas próprias doutrinas e ideias políticas. Embora a opinião dos especialistas tenda a aceitar o *Fédon* como um relato razoavelmente fiel dos últimos momentos do filósofo, nem todas as peças se encaixam. Um exemplo é a opinião de Sócrates sobre a imortalidade da alma: a confiança e o tom assertivo adotados no *Fédon* claramente conflitam com a posição agnóstica defendida por ele na *Apologia*, outro diálogo considerado fidedigno.

Seja qual for o caso, porém, uma coisa é certa: a versão do fisicalismo que Sócrates apresenta no *Fédon* não passa de uma caricatura empobrecida dessa filosofia. Trata-se, de fato, de um espantalho conveniente, mas que está longe de fazer justiça à força e ao apelo, mesmo no contexto do mundo grego do século V a.C., da visão que ele contesta e ridiculariza. A inconsistência é flagrante. Se a visão fisicalista fosse realmente tão ingênua, frágil e rudimentar como o *Fédon* nos faz parecer que é, por que Sócrates se erguería contra ela com tal contundência e, o mais sintomático, por que se ocuparia de refutá-la em momento tão privilegiado de sua vida?

Em seu diálogo derradeiro, Sócrates procura articular e dar credibilidade filosófica não só à sua decisão de submeter-se às leis e à moralidade cívica de Atenas, mas às intuições e crenças da vida comum sobre a relação mente-cérebro — à noção de que nossos desejos, pensamentos, intenções e valores fazem real diferença no mundo e de que a mente está para o corpo como o piloto de um navio está para a embarcação da qual é comandante.

Mas o simples fato de que essa operação se fez necessária na "guerra das ideias" não deixa de ser, por si só, revelador: ela representa um índice da força daquilo que está sendo combatido. Ninguém se opõe a um pensamento morto ou a uma posição que não constitui ameaça. Embora o mentalismo triunfante do *Fédon* sonegue isso e, ao que parece, busque até mesmo evitar que isso transpareça, existia no mundo grego do século v a.C. um adversário à sua altura: o atomismo fisicalista de Demócrito.

21

Como cheguei a Demócrito? Se o leitor inquisitivo tem uma ponta de curiosidade pela resposta, aqui está: via Machado. Não que ele cite ou reverencie em sua obra o pai do atomismo grego, algo que, por tudo que sei, não acontece. A ligação entre eles é indireta, mas menos tortuosa do que poderia parecer à primeira vista.

Ocorre que o autor de "O cônego ou metafísica do estilo" nutria uma profunda e confessa admiração pelo grande iluminista e contista Diderot (vide o prefácio de *Papéis avulsos* e a epígrafe de *Várias histórias*); e ocorre que este, por sua vez, como tive a ocasião de aprofundar na minha pesquisa de doutorado, nutria especial apreço pelo filósofo atomista, a quem dedica um belo ensaio-verbete, de sua lavra, na *Encyclopédie*, da qual era o principal editor ao lado de D'Alembert. Portanto, a lei da transitividade *intelectual* — pois é preciso conceder que nas relações amorosas ela nem sempre vale — levou-me a Demócrito: se A adora B e se B adora C, então A adora C.

Mas esse primeiro contato foi apenas um flerte juvenil. A real picada da mosca azul da curiosidade veio mais tarde, quando a surdez, o ócio e o trauma do tumor me fizeram mergulhar nas águas profundas e traiçoeiras da metafísica. O acaso, como sempre, teve o seu papel: discreto, porém decisivo.

Acontece que li em algum comentador antigo — pode ter sido Diógenes Laércio ou Plutarco — uma passagem que me deixou intrigado ao extremo. Dizia que Platão tinha a intenção de queimar todos os escritos de Demócrito em que pudesse pôr as mãos, e que só foi dissuadido disso quando dois amigos alegaram que seria inútil, uma vez que os livros do atomista já estavam amplamente disseminados. É curioso. Embora Platão se refira nominalmente a *todos* os filósofos importantes da Grécia que vieram antes de Sócrates ou que foram contemporâneos deste, em sua vasta obra ele *jamais* se refere a Demócrito, nem mesmo quando trata de assuntos sobre os quais teria o dever de fazê-lo (o contraste com Aristóteles nesse ponto é radical). Há silêncios que falam mais alto que qualquer berreiro. Fiquei alerta. Era a borda de um poço a ser sondado.

Sócrates e Demócrito têm três coisas em comum: eles são contemporâneos exatos e têm quase a mesma idade; ambos declaram ter sido consumidos na juventude por uma veemente paixão pelo saber — "Nada economizei visando me instruir", teria dito o atomista depois de exaurir a herança deixada pelo pai em viagens de estudo e pesquisa que o levaram ao Egito, à Pérsia e à Índia; e ambos estudaram com afinco as ideias do mesmo mestre grego, Anaxágoras, tendo cada um, por suas razões, saído desapontado com a experiência. É possível, apesar de pouco provável, que Sócrates e Demócrito tenham se encontrado na visita que este último, morador e natural de Abdera, fez a Atenas (a data precisa da sua estadia ali é desconhecida).

Mais vasto e substantivo, todavia, é o capítulo das diferenças. Ao contrário de Sócrates, que descartava por princípio a ideia de redigir e publicar suas investigações, Demócrito escreveu dezenas de livros sobre os mais variados assuntos — os títulos vão da medicina à estética e da cosmologia à ética —, embora nenhum tenha sido preservado (teria Platão algo a ver com isso?). O que restou da produção dele foi um conjunto pequeno de fragmentos de sua autoria, além de cerca de trezentas citações e comentários de autores antigos (entre os quais se destaca Aristóteles) a respeito de suas ideias. A reconstituição das linhas mestras do seu pensamento é o resultado do trabalho paciente de gerações de eruditos — um quebra-cabeça semelhante ao enfrentado por paleontólogos que precisam reconstituir, com um punhado de ossos, um animal extinto. (A comparação entre as filosofias da natureza de Demócrito e de Epicuro, seu herdeiro intelectual do século IV a.C., foi o tópico escolhido por Marx para sua tese de doutorado, defendida na Universidade de Jena em 1841.)

Demócrito nunca teve o equivalente de um Platão para dramatizar brilhantemente — e trair — sua vida e pensamento. Não obstante, o seu método científico e algumas de suas ideias atravessaram os séculos e serviram de fonte e inspiração aos físicos que lideraram a revolução científica do século XVII, como Gassendi, Galileu e Descartes. Diz uma lenda que Hipócrates, o grande luminar da medicina grega, no primeiro contato que teve com o atomista teria formado a opinião de que este era insano; mais tarde, porém, quando chegou a conhecê-lo melhor, passou a admirá-lo intensamente. Posso imaginá-lo.

E, para que não fique suspeita de que exagero no elogio ao "sábio zombador" que, segundo fontes antigas, "ria-se das aspirações vazias dos homens e dizia serem todos eles loucos", recorro à autoridade de Richard Feynman. Quando perguntaram ao físico americano o que ele faria se, como um Noé do pensamento, tivesse de escolher *uma única ideia* para transmitir às gerações futuras, caso uma hecatombe viesse a destruir a civilização, ele prontamente respondeu: a ideia de que o mundo é composto de unidades elementares de matéria — os átomos.

22

O que separa Sócrates e Demócrito é a motivação dos seus projetos filosóficos e as visões de mundo que dela decorrem. O projeto socrático é essencialmente *ético*: ele visa submeter as ações humanas e o curso dos acontecimentos a valores e juízos acerca do que é melhor. Daí que sua perspectiva da realidade seja interna. Trata-se de entender o mundo *a partir do homem* buscando transformá-lo na direção desejada. A vontade de transformar a realidade domina o frio desejo de conhecê-la tal como é. É o ponto de vista da alma que olha de dentro para fora.

O autoconhecimento preconizado por Sócrates está subordinado a uma finalidade ética: a elevação moral do homem.

Embora com uma pitada de exagero, a observação de Nietzsche capta o cerne dessa postura: "Fundamentalmente, a moralidade é hostil à ciência: Sócrates já o era — e por esta razão, a saber: a de que a ciência leva a sério coisas que nada têm a ver com o 'bem' e o 'mal' e, por conseguinte, faz o sentimento de 'bem' e 'mal' parecer menos importante". Daí o manifesto desinteresse do pai da filosofia moral pelas investigações naturalistas de seus predecessores. Seu discípulo Platão vai mais longe e propõe banir os poetas da pólis em nome da "saúde moral" dos cidadãos.

Já o projeto atomista é essencialmente *cognitivo*: ele visa submeter o entendimento humano à realidade objetiva e ao curso das coisas como elas de fato são, independente do que possam ser os nossos desejos e preferências. Daí que sua perspectiva seja externa. Trata-se de entender o homem *a partir do mundo*, e de buscar explicá-lo de maneira objetiva à luz desse entendimento. É o ponto de vista da alma que se observa, analisa e esmiúça de um ponto de vista radicalmente neutro e externo; da alma que olha de fora para dentro visando dar conta de si mesma.

O mais espantoso nessa proposta, contudo, é constatar a pertinácia e a calma determinação com que Demócrito — seguindo as pegadas, ao que parece, do seu mentor Leucipo, sobre quem praticamente nada é sabido — perseguiu a ambição de considerar o homem não como objeto de elogio ou reprovação, mas como parte integral da natureza e, portanto, submetido às mesmas leis, regularidades e princípios gerais de explicação.

A ciência natural atomista não é hostil à moralidade, porém ela não pode admitir que noções de "bem" e "mal" — ou qualquer outra consideração a não ser a busca da verdade objetiva — interfiram no seu trabalho de investigação, mesmo que disso porventura resulte a erosão do solo em que assenta a nossa experiência da vida moral.

Como entender a realidade e o que nela acontece? Nossa apreensão espontânea das coisas e do que vai pelo mundo se dá por meio dos cinco sentidos. Mas até que ponto aquilo que os nossos sentidos nos dizem sobre o mundo é digno de crédito? Até que ponto essas sensações e percepções das quais temos imediata consciência correspondem à realidade das coisas *como elas são*, e não apenas à maneira como elas *nos parecem ser* (e mesmo isso, por vezes, de forma enganosa, dado que os sentidos podem se iludir com as aparências e corrigir uns aos outros)? Em sua teoria do conhecimento, Demócrito distingue entre o que denomina conhecimento "bastardo" e "legítimo".

Nada surge do nada. Há uma diferença crucial entre o que existe objetivamente no mundo, de modo independente de nós, e o que é apenas subjetivo, ou seja, devido aos efeitos do mundo sobre os nossos sentidos e a nossa mente. O passo decisivo da filosofia atomista foi submeter as nossas sensações e percepções naturais das coisas a uma análise rigorosa. Foi mostrar que elas resultam de um processo de interação entre os fenômenos externos, o nosso aparelho perceptivo e o nosso sistema nervoso, e oferecer uma teoria detalhada das suas bases físicas, ou seja, do que vai por detrás da nossa experiência mental dos diferentes sons, cores, tatos, gostos e cheiros das coisas.

O resultado dessa investigação foi a descoberta de que o mundo que nos é familiar e dentro do qual transcorre a nossa vida subjetiva difere radicalmente do mundo como ele de fato é.

Ao examinar a si próprio de fora para dentro, o investigador constata que as coisas que apreende estão sendo processadas, traduzidas e recodificadas por ele, gerando assim sensações que transfiguram a realidade objetiva e provocando experiências mentais que estão para o mundo externo assim como *o nome das coisas*, mera convenção linguística, está para *as próprias coisas*.

No fragmento em que Demócrito expressa essa descoberta lê-se: *Pelo costume doce e pelo costume amargo; pelo costume quente e pelo costume frio; pelo costume as cores; mas em realidade os átomos e o vazio.* (A palavra *costume* traduz aqui o termo grego *nomos*: "por convenção; de modo costumeiro", um conceito empregado usualmente em oposição ao de *physis*: "natureza".)

Dois exemplos simples ajudam a ilustrar o ponto. O primeiro, oferecido por Descartes em seu tratado de física, *Le monde*, é a sensação de cócegas. Imagine que alguém roce delicadamente uma pluma na sola do seu pé e que isso provoque em você uma sensação formigante de cócegas. O que é isso? O que são e onde estão as cócegas — na pluma, na sola, no contato entre elas?

Na verdade, dirá Demócrito, as cócegas em si não existem na realidade objetiva, mas tão somente na vida mental ou experiência subjetiva de quem as sente. O que existe de fato é uma leve fricção entre os átomos da pluma e os átomos da pele, gerando um fluxo de átomos que percorre o nervo ligando a superfície da pele ao sistema nervoso e, por fim, produzindo uma pequena agitação de átomos no cérebro a que se convencionou dar o nome de *cócegas*. (Um fato intrigante, recentemente desvendado pela neurofisiologia, é que, apesar de nós as sentirmos quando feitas por outrem, especialmente se estamos desprevenidos, nós nunca conseguimos fazer cócegas em nós mesmos.)

Outro exemplo é a sensação visual das cores. Observe, digamos, uma maçã vermelha. A crença espontânea de todos nós é supor que o vermelho da maçã é propriedade *dela*, ou seja, pertence à fruta que observamos e não a nós. Na realidade, dirá Demócrito, não é nada disso. A película que recobre a maçã não é de fato vermelha (nem de outra cor). O que acontece é que essa película é constituída por uma matriz de moléculas que, ao ser iluminada, reflete átomos (hoje sabemos que são fótons) de um determinado tipo (hoje sabemos que são ondas de certo comprimento); o contato desses átomos com a retina deflagra um efeito físico particular, e o cérebro, ao receber o impacto desse efeito, sofre uma pequena irritação neural a que demos o nome de *vermelho*. Cores, sons, aromas, texturas, calafrios são outras tantas ocorrências puramente mentais.

Uma prova simples de que as cores não estão nos objetos é o arco-íris. Ele nos dá a sensação de estar vendo um arco de cores, mas sem que haja algum objeto tangível para lhe dar suporte. Um simples raio de luz solar refratado por gotículas de chuva na atmosfera, como mostrou Newton, é tudo que basta para povoar a nossa mente de cores, lendas e fantasias. Cócegas neurais.

A prova mais contundente, contudo, provém de experimentos efetuados no cérebro exposto de pacientes submetidos a neurocirurgias. Como a massa encefálica (grego *en*: "dentro" + *kephale*: "cabeça") — o tecido esponjoso onde são recebidas e processadas *todas* as sensações de qualquer natureza oriundas do resto do corpo — é ela própria insensível à dor, os experimentos intracranianos podem ser conduzidos com o paciente desperto, ou seja, apto a relatar o que lhe vai pela mente durante o procedimento, bastando a aplicação de um anestésico local no couro cabeludo e nas membranas que recobrem o cérebro. (A imunidade do encéfalo à dor revelou-se uma preciosa e inesperada dádiva para o estudo da relação mente-cérebro.)

Quando um suave pulso elétrico é diretamente aplicado à superfície do córtex somatossensorial — a área do cérebro que recebe as mensagens sensoriais oriundas de todas as partes do corpo —, o paciente experimenta a sensação consciente de que há algo sendo aplicado à sua pele, como, por exemplo, um alfinete pinicando ou uma lixa raspando um ponto particular do seu braço, barriga ou outra região do corpo; quando o eletrodo é deslocado pela superfície do córtex, a localização da sensação subjetiva e ilusória associada ao estímulo também se desloca, especificamente para aquela região do corpo que transmite informações sensoriais ao ponto particular do córtex que está sendo estimulado.

Os córtices sensório e motor contêm uma espécie de "mapa" que reproduz toda a topologia do resto do corpo. Todas as sensações provindas de algum ponto do organismo, o nariz, por exemplo, ou o joelho, podem ser geradas por meio da estimulação direta do córtex, sem que o nariz ou o joelho tenham sido de algum modo afetados. Quando cortamos o dedo ou recebemos um carinho, a sensação de dor ou de prazer que experimentamos não se dá realmente no local da ferida ou do agrado, mas no ponto do cérebro que processa as mensagens nervosas originárias dessas áreas; a ilusão de que a dor ou o prazer se localizam na parte afetada do corpo, e não no ponto correspondente do córtex somatossensorial, só ocorre porque o cérebro, além de receber a informação relevante, *projeta* de volta ao local particular da ferida ou do afago a mensagem evolucionariamente relevante de que algum tipo de dano a ser evitado ou de prazeroso agrado teve lugar ali.

O cérebro despista a mente. A estimulação elétrica de outras regiões de um cérebro exposto é capaz de produzir não só movimentos musculares involuntários nos membros correspondentes do corpo, mas também sensações visuais, olfativas e auditivas, alucinações e até mesmo reminiscências agudamente vívidas de rostos, melodias, cenas e experiências da infância (lobo temporal).

Na experiência interna do paciente — a alma vivida de dentro para fora — tudo se passa como se se tratasse de experiências reais; na realidade, contudo, sabemos que se trata tão só dos efeitos produzidos artificialmente por uma astuciosa estratégia de experimentação científica — artefatos do manejo de um eletrodo aplicado ao encéfalo numa sala cirúrgica. É a alma vista de fora para dentro: átomos em movimento.

Nada é o que parece. A filosofia atomista adota uma abordagem em que *as partes explicam o todo* — o *micro* determina o *macro*. A explicação dos fenômenos do mundo físico em toda a sua diversidade — os humanos e suas ações incluídos — tem causas comuns, a serem encontradas no modo como interagem as partículas mais elementares e simples de que são feitos. A combinação e recombinação dos átomos (grego *atomon*: "indivisível") — minúsculos e imperceptíveis corpúsculos, dos mais diferentes formatos, tamanhos e estruturas, que se movimentam, juntam-se e repelem-se incessantemente no espaço vazio — é a causa universal dos fenômenos observáveis e de tudo que acontece.

Na teoria atomista da causalidade não há lugar para animismo, forças sobrenaturais ou teleologia; todas as mudanças resultam de mecanismos físicos, e a natureza é um vasto sistema de partículas recombinantes no qual as mãos de ferro da necessidade jogam o copo de dados do acaso por toda a eternidade.

A vida mental dos homens — consciente ou inconsciente, na luz da vigília ou nas grutas misteriosas do sono — não foge à regra. Se Bernardo Soares, o memorialista alter ego de Fernando Pessoa no *Livro do desassossego*, dizia-se "um homem para quem o mundo exterior é uma realidade interior", então podemos dizer que na visão atomista da condição humana, ao contrário, o mundo interior é que se afigura uma realidade exterior.

23

Sócrates x Demócrito: o *Fédon* armou o ringue, chamou os dois contendores ao centro do tablado (o nome do segundo foi, no entanto, omitido) e propôs o desafio. Mas o embate não chegou propriamente a ocorrer. O resultado da contenda estava viciado *ab ovo*: a vitória por nocaute do protagonista do diálogo, herói da juventude do narrador, estava decidida antes que soasse o gongo do primeiro round.

"A maior parte das diversões dos homens", observa Jonathan Swift, "são imitações de luta." Mas, para que a diversão seja plena, as regras do bom combate precisam ser respeitadas. Na falta de um mínimo de equilíbrio entre as partes em disputa, a contenda degenera em farsa ou massacre. O entusiasmo de Platão pelo que preferia acreditar — o mentalismo socrático — parece ter prejudicado a sua capacidade de encarar e considerar seriamente aquilo em que não acreditava — o fisicalismo atomista. O uso da fogueira para destruir as obras do grande rival de seu herói — se podemos dar algum crédito a essa história — teria sido uma resposta ainda mais desastrada.

Voltemos por um momento à cela onde Sócrates aguarda a pena a que foi condenado. Na véspera da execução, seu amigo Crito aparece e propõe um plano de fuga e exílio. O esquema com os guardas está acertado; não há risco. Para decepção do amigo, entretanto, o filósofo nem titubeia. Fugir da justiça estava fora de questão.

De fato, as palavras usadas em sua autodefesa perante o júri, como registra Platão na *Apologia*, não permitiriam esperar outra coisa: "Um homem que tenha algum valor não deve calcular as chances de permanecer vivo ou morrer; ele deve tão somente considerar se, ao fazer algo, está agindo da maneira certa ou errada; agindo segundo o caráter de um homem bom ou mau". Não importa o que nos reserve o após-a-morte, argumenta o filósofo, nada deveria permitir que um cego amor à vida ofusque o senso de justiça.

Pois bem: o que exatamente está acontecendo aqui? Qual a natureza da relação entre a mente e o cérebro de Sócrates quando ele opta por não fugir e, depois, cumpre à risca essa decisão? O que ocorre em seu cérebro no momento em que, diante da oportunidade real de sobreviver no exílio, ele, digamos, pensa: "Crito quer salvar minha pele; não vê que seria moralmente errado e vergonhoso eu me livrar da sentença a qualquer preço". E como esse pensamento se relaciona com a configuração exata dos bilhões de átomos e células nervosas em seu neocórtex e sistema límbico? O que teria um Demócrito *redux*, munido das técnicas e achados da neurociência, a dizer sobre a decisão do pai da filosofia moral de aceitar a pena que lhe foi imposta e voluntariamente abraçar a morte?

Na perspectiva mentalista, o comportamento de Sócrates descreve uma *ação moral completa*, na qual a mente move o corpo por meio do pensamento. Uma ação moral se compõe de três elementos articulados: a) o *juízo de valor*, que é a identificação do melhor a fazer, dadas as oportunidades e restrições; b) a *vontade consciente* de agir de acordo com esse juízo; e, por fim, c) a *execução prática* da ação. No caso particular de Sócrates, a relação entre os três elementos é lógica e transparente: ele sabe o que deve fazer; tem perfeita vontade de fazê-lo; e suas ações refletem isso. Na vida real, sabemos, nem sempre é assim.

As combinações e contradições possíveis entre esses três elementos são as mais diversas. Eu posso, por exemplo, saber o que é o melhor a fazer e ter vontade sincera de fazê-lo, mas não conseguir implementá-lo: eu sei, digamos, que preciso e devo dormir, tenho uma vontade real de dormir, mas meu corpo se nega a fazê-lo. A "lei da carne" nem sempre se curva (ou se ergue) à "lei do espírito"; as pulsões caprichosas dos órgãos sexuais, como lembra

Agostinho em *Cidade de Deus*, ilustram bem isso: "Pois mesmo aqueles que se deleitam nesse prazer [sexual] não são movidos até ele por vontade própria [...] pois às vezes o desejo carnal os importuna apesar deles mesmos e, outras vezes, fraqueja quando desejam senti-lo, de modo que, embora a lascívia sacuda a mente, ela não mobiliza o corpo". Nenhum corpo é santo.

Outra possibilidade é saber o que se deve fazer mas não ser capaz de mobilizar a vontade para agir de acordo. Ter vontade nem sempre é um ato de vontade: eu sei que devo e preciso acordar cedo, mas, quando toca o despertador, a vontade é anêmica e volto a dormir. São as "ideias sem pernas e sem braços", as "ideias sem dentes e sem língua" que pontuam a trajetória de Bentinho em *Dom Casmurro*; "era ocasião de pegá-la, puxá-la e beijá-la", reflete o narrador sobre os percalços da sua mocidade, porém não passava de uma "ideia só! ideia sem braços! os meus ficaram caídos e mortos".

Uma pessoa pode, ainda, descobrir-se estranhamente cindida por juízos de valor conflitantes: estar ciente de que A é melhor que B, ter uma vontade sincera de preferir A a B e, não obstante, *gostar mesmo* é de B. Quiabo ou torresmo? Proust ou Philip Roth? Depravação do gosto?

A perspectiva fisicalista contesta a versão mentalista do comportamento de Sócrates e oferece uma explicação alternativa. Os três componentes da ação do filósofo de não fugir mas aceitar a pena que lhe foi imposta precisam ser melhor analisados e devidamente entendidos. Como se forma o juízo de valor, ou seja, a percepção do melhor a fazer? Como essa preferência por um caminho em vez de outro se liga a uma vontade consciente de agir? E, por fim, como o juízo de valor e a vontade consciente — dois estados mentais — são capazes de acionar e pôr em movimento (neste caso, em repouso) os músculos e tendões do filósofo — estados do corpo?

O homem moral socrático, argumenta a filosofia fisicalista, não passa de um subproduto fantasioso — e com forte componente narcísico — do homem natural atomista. Um arco-íris pré-newtoniano.

24

Comecemos pelo fim — pelo elo entre estados mentais e resposta corporal. O primeiro passo é destrinchar a relação entre a vontade consciente, de um lado, e a ação muscular, de outro. Afinal, qual é a natureza e o que se esconde por detrás desse singularíssimo vínculo?

Cada um de nós pode verificar em si: a condição humana padece de uma peculiar *cisão*. Quase tudo que ocorre dentro do nosso organismo — uma infinidade de processos metabólicos indispensáveis para a sobrevivência — está inteiramente vedado aos ditames da nossa vontade consciente.

O coração bate, o sangue circula, e o alimento é digerido; sob efeito do estímulo apropriado, o fígado secreta a bile, os poros da pele, o suor, e as glândulas suprarrenais, a adrenalina. Alguns desses processos são obra de fino ajuste. Quando, por exemplo, a concentração de dióxido de carbono no ar que respiramos aumenta, receptores especializados espalhados pelo corpo detectam a mudança e fazem o ritmo da nossa respiração se acelerar, o que reduz a pressão sanguínea de gás carbônico e eleva a concentração de oxigênio no sangue. E, quando a vigília consciente submerge, embalada pelo doce encanto do sono, o sofisticado metabolismo vital não para; a casa das máquinas não adormece um minuto sequer. Melhor assim. "O coração, se pudesse pensar, pararia."

Como se dá tudo isso? O órgão cerebral responsável pela maioria desses processos automáticos de controle e ajuste chama-se *hipotálamo* (grego *hipo*: "sob" + *thalamos*: termo que designa a área do cérebro para a qual converge a intrincada rede de fibras nervosas ramificada como uma teia de aranha pelo nosso corpo). Ele pesa não mais que quatro gramas e pertence ao sistema límbico (expressão genérica que designa uma das regiões mais primitivas do cérebro em termos evolutivos, associada às sensações viscerais, ao processamento das emoções e às motivações primárias). Embora pequeno em tamanho, o hipotálamo abriga um complexo feixe de fibras e células nervosas que fazem dele — a competição não é fácil — o mais denso e conectado órgão em todo o cérebro, isto é, aquele que mais recebe e envia mensagens.

O curioso é que, quando passamos do metabolismo interno do corpo para as nossas ações no mundo externo, esse quadro parece se alterar radicalmente. Daí falar em *cisão*: pois o fato é que um subconjunto relevante dos músculos do nosso corpo, como os que governam as mãos, os braços e as pernas, guarda uma relação distinta com o cérebro e com o que nos vai pela mente.

Se eu decidir ativar minhas glândulas lacrimais agora, não serei capaz de fazê-lo (uma atriz experimentada teria mais sucesso); mas, se eu decidir piscar ou cerrar as pálpebras, elas obedecerão sem pestanejar. Um preso político pode optar por uma greve de fome como forma de protesto, ainda que nenhum esforço da sua vontade consciente lhe permita não sentir fome ou evitar que o alimento, uma vez ingerido, seja devidamente digerido e assimilado. Sócrates poderia ter usado a língua (retórica) ou as pernas (fuga) para escapar da execução por envenenamento; mas a ação da cicuta sobre o seu corpo e vida consciente em nada dependeu do que ele pudesse pensar ou julgar a respeito.

A experiência da cisão é incontornável. Como entendê-la? Duas perguntas básicas afloram. A questão *científica*, ainda não plenamente elucidada, é: *por que existe a vontade consciente?* Se o nosso metabolismo vital é capaz de cuidar de si, monitorando, reagindo e ajustando de forma automática uma infinidade de demandas do corpo, então por que não é tudo assim? De que modo surgiu e como foi gradualmente se delineando, na trajetória evolutiva dos seres vivos e do *Homo sapiens* em particular, a fronteira entre os processos fechados à nossa escolha e vontade consciente, de um lado, e aqueles que nos parecem abertos e receptivos aos decretos e alvarás do eu-soberano, de outro?

Os vegetais são imóveis; os animais se movem. Quanto mais rudimentar o sistema nervoso de um animal, menor o seu repertório de respostas motoras diante das situações com que se depara. Uma galinha degolada é capaz de correr ainda por alguns metros — basta a medula espinhal para produzir a locomoção na maior parte dos vertebrados. O que diferencia o animal humano nesse quesito é a grande complexidade anatômica e fisiológica do seu sistema de controle dos movimentos do corpo.

Nosso leque de respostas motoras vai do simples reflexo automático — tirar a mão do fogo num átimo de segundo ou coçar uma irritação da pele durante o sono — até o mais exigente e sutil movimento dos dedos da mão — uma neurocirurgia ou um solo de piano.

O controle fino dos músculos voluntários do nosso corpo é uma operação complexa, que envolve a ação sincronizada de diversas regiões do cérebro, entre as quais se destaca o *córtex motor*: uma região cerebral de origem recente do ponto de vista evolutivo e relativamente avantajada no caso do homem. O estímulo elétrico de pontos específicos do córtex motor produz movimentos nos músculos correspondentes sem que a pessoa pense ou delibere fazê-lo. Sabemos que foi graças ao córtex motor que as pernas e tendões de Sócrates se fizeram dóceis e obedientes à sua decisão de não fugir.

A ampliação do repertório de respostas motoras diante das ameaças e oportunidades que o ambiente oferece, culminando no surgimento do córtex motor e das demais regiões do cérebro que respondem pelo controle dos músculos sob sua esfera de comando, faz todo o sentido evolutivo. Ela deu ao *Homo sapiens* uma inédita e altamente proveitosa flexibilidade de ação na vida prática, e dessa forma permitiu a ele submeter outros seres e processos naturais, a começar pela domesticação de plantas e animais, a seus interesses e caprichos. O controle que o homem exerce sobre a natureza externa não deixa de ser, no fundo, uma continuação, por outros meios, do controle que algumas partes de nós parecem exercer sobre outras partes de nós.

Tome como exemplo a relação entre um cavalo e seu cavaleiro. Nenhum cavalo nasce pronto — é forçoso domá-lo. Sua vontade arisca precisa ser "quebrada", ou seja, submetida à vontade do domador por meio da manipulação dos seus mecanismos de associação e aprendizado. Mas, quando o cavalo está treinado e finalmente no ponto, o que temos? Os músculos do cavalo respondem como uma máquina bem ajustada aos comandos que lhe são transmitidos pelos músculos voluntários do cavaleiro mediante o uso das rédeas, esporas, chicote e estímulos sonoros. Um é a extensão natural do outro.

Na prática, o sistema motor do cavaleiro cooptou o sistema motor do cavalo, assim como os nossos músculos voluntários foram cooptados pelo nosso córtex motor e se tornaram, no mais das vezes, dóceis e obedientes aos seus ditames. A diferença é que, no caso do cavalo, o controle é exercido por meio do aparelho sensível do animal — o toque das rédeas, a irritação das esporas, a voz do cavaleiro —, ao passo que, no nosso caso, a comunicação das ordens se dá através de ondas elétricas — átomos eletricamente carregados (íons) de sódio e potássio —, que ligam as células e sinapses do cérebro aos músculos relevantes por meio dos filamentos nervosos ramificados pelo nosso corpo. E tudo em frações de segundo.

O córtex motor de Sócrates, ninguém duvida, manteve os seus membros inferiores sob o mais austero e estrito controle. Mas quem — ou o que — ditou as ordens para manter as rédeas curtas?

25

A cisão é real. A fisiologia de um músculo como o coração, com suas sístoles e diástoles, não se confunde com a dos músculos voluntários do corpo; até aqui a ciência, com seus métodos, hipóteses e evidências empíricas. A questão *filosófica* suscitada pela experiência humana da cisão é: qual a natureza dessa dualidade? Existe uma diferença ontológica radical — um salto de absoluta descontinuidade — entre o que acontece em nosso metabolismo interno do corpo e o que se passa quando movimentamos os nossos membros para agir no mundo externo? O que realmente se esconde por detrás dessa peculiar distinção?

A visão mentalista, calcada na nossa psicologia intuitiva, sustenta haver um fosso radical que separa os dois processos: enquanto um deles é puramente automático, rígido e regido por leis cegas independentes da nossa vontade, o outro é prerrogativa humana e diz respeito a um sistema de controle muscular em que a mente é soberana. A vontade consciente — um estado mental — pilota e cavalga os processos neurológicos relevantes, ao passo que estes, por sua vez, fazem a cavalaria trotar. Mas será mesmo isso? O que de fato está acontecendo? A visão fisicalista questiona a nossa psicologia intuitiva e propõe uma visão essencialmente distinta do que se esconde por detrás da cisão.

Se estados mentais afetam estados do corpo, então o único ponto em que o contato efetivo se torna uma realidade concreta é o elo causal entre o pensar e o agir. Mas o que ocorre quando eu penso e decido, digamos, *levantar o dedo*?

Graças a novas técnicas de monitoramento e visualização da atividade cerebral em tempo real, sabemos que algo observável acontece no exato instante em que a decisão é tomada — algo envolvendo alterações químicas e elétricas nas centenas de milhões de células nervosas das quais o meu cérebro é feito.

Mas qual é, de fato, a relação entre o evento mental e privado, que é a minha decisão intencional de erguer o dedo, e o evento cerebral e observável, que é a singular configuração microscópica da complexa rede neural correlata a esse ato? Serve aqui o alerta feito pelo duque de La Rochefoucauld: "O homem com frequência pensa que está no controle quando ele está sendo controlado".

Um ato voluntário envolve a intenção de agir e a ação muscular relevante. No lapso de tempo entre a intenção, de um lado, e a realização do ato, de outro, ocorre uma escalada de atividade neural nas regiões do cérebro responsáveis pelo controle motor dos músculos acionados. Nada disso surpreenderia um mentalista. O ponto nevrálgico é o que vem a seguir. E a intenção de agir — de onde, afinal, ela surge? Como se produz na mente a vontade de levantar o dedo?

O fato espantoso, empiricamente explicitado e mensurado de forma rigorosa pelo neurocientista americano Benjamin Libet, é que a escalada de atividade neural — o evento físico no cérebro — *precede* no tempo não apenas a ação muscular, mas também o evento mental, ou seja, a própria consciência da decisão de agir.

Uma intenção da qual nos tornamos cientes tem uma origem e se produz no tempo. O registro eletroencefalográfico do que ocorre quando eu tomo a decisão de erguer o dedo revela que o processo neurológico do ato tem início cerca de três décimos de segundo *antes* de eu me tornar ciente da minha intenção de executá-lo. Ou seja: é como se o meu cérebro soubesse, antes de mim, o que estou prestes a fazer e farei em seguida, e ainda tivesse a gentileza não só de me avisar da decisão que se tomou em mim, mas de fazê-la acompanhar-se da gratificante sensação de que é a minha vontade consciente — o meu eu-soberano — que está no comando e decidindo realizar aquilo.

"Três décimos de segundo", poderia alguém questionar, "isso nada representa em termos práticos; o hiato é insignificante, e talvez não passe de um simples problema de medida em experimentos desse tipo." A objeção é compreensível, porém inválida.

O hiato temporal pode soar minúsculo, como tanta coisa no mundo dos neurônios e das sinapses, mas ele é real, mensurável e tem consequências práticas e filosóficas. O processo que culmina numa ação aparentemente voluntária tem início no cérebro de modo pré-consciente, antes que a intenção de agir aflore ao espelho da mente. A verificação da pertinência desse achado é bastante simples e pode ser constatada, sem dificuldade, pela observação de um fato curioso sobre o nosso corpo.

Você sente cócegas? Pois bem, se a resposta é positiva, experimente então fazer cócegas em si mesmo. As tentativas se frustram: não funciona. Falta de jeito? Mas você é perfeitamente capaz de produzir cócegas em outra pessoa. Então por que isso acontece? A neurociência responde.

Quando os dedos de sua mão são acionados e se posicionam para roçar a sua pele, dois fluxos de mensagens são criados. Um deles se chama fluxo *aferente*: são os sinais enviados dos terminais nervosos dos dedos e dos olhos à área específica do cérebro, informando-a da posição da mão e do movimento preciso a ser executado. O outro fluxo, chamado *eferente*, corre na direção oposta: são as mensagens vindas *do* cérebro para os filamentos nervosos ligados aos dedos e aos olhos, informando-os das microcorreções necessárias e monitorando, em tempo real, o desenrolar da ação. Se a história terminasse aqui, ninguém teria dificuldade em surpreender-se e fazer cócegas em si mesmo. Tudo se passaria como se elas estivessem sendo feitas por outra pessoa, ainda que você pudesse ver os dedos da sua mão suavemente roçando a sua pele.

Ocorre que, paralelamente a esses dois fluxos, surge simultaneamente um terceiro fluxo de mensagens: uma *cópia da mensagem eferente* é enviada às outras partes relevantes do seu cérebro, alertando-as a respeito do que os músculos dos dedos estão prestes a fazer.

É por causa desse alerta que as cócegas se frustram. Antes que os seus dedos toquem a pele, em milésimos de segundo, as outras áreas receptoras sensoriais do cérebro já foram informadas da sua intenção e gesto iminente, e, por esse motivo, o efeito surpresa não emplaca. É como um gol de mão flagrado e anulado, mas quando ele ainda não passava de um simples vislumbre de lance por parte do jogador. A premeditação inibe o efeito almejado.

Situação análoga, diga-se de passagem, transparece no desafio com que se atraca Guimarães Rosa em "O espelho". Tente, caro leitor, olhar-se no espelho com absoluta frieza e neutralidade afetiva; procure apanhar-se de surpresa e mirar-se como se a imagem refletida não fosse sua, mas de outra pessoa, como se você não fosse você; invente um rosário de astúcias visando lograr o feito — "o rapidíssimo relance, os golpes de esguelha, a longa obliquidade apurada, as contra-surpresas, a finta de pálpebras, a tocaia com a luz de-repente acesa, os ângulos variados incessantemente". De nada adiantará. O círculo não quadra. Quando a imagem do seu rosto refletido aflora à consciência, já é tarde, demasiado tarde. O seu cérebro sabe — antes que você tome ciência disso — do que você está na iminência de fazer: *mas quem é "você"?* Não há espelho que nos tire de nós mesmos. A mente está indo, o cérebro está voltando — na velocidade da luz.

A descoberta de que estados cerebrais precedem no tempo os estados mentais de intencionalidade e, portanto, respondem pelas ações que deles decorrem tem desdobramentos práticos. Um artigo recente (indicação do dr. Tardelli) apresenta um método engenhoso de submeter uma prótese ou membro mecânico à "vontade" de um animal.

Imagine um rato que, para saciar a sede, tem de pressionar uma alavanca que movimenta um braço mecânico que faz uma tigela com água ficar ao alcance dele. Com o uso de eletrodos implantados na cabeça do rato é possível obter um mapa preciso das áreas do cérebro — tálamo e córtex motor — que sempre são ativadas alguns instantes antes que ele mexa a pata e pressione a alavanca a fim de beber.

Desse modo, pela simples observação do cérebro tornou-se possível prever com alguma antecedência a ação do rato que visa saciar a sede. O passo seguinte foi ligar diretamente os sinais emitidos pelos eletrodos ao tal braço mecânico. Quando a configuração da vontade de beber água aparece no cérebro do animal, isso aciona diretamente o braço mecânico, por meio de impulsos elétricos, trazendo a tigela até o rato sem que ele precise apertar a alavanca.

Por algum tempo ainda, após a ligação direta entre o cérebro e o membro mecânico, os ratos continuam a apertar a alavanca para obter água. Logo, porém, eles aprendem que a alavanca se tornou ociosa, uma vez que, quando a sede vem, o braço mecânico traz a tigela com água até eles.

Se alguma poeira de consciência ou sensação subjetiva chega a aflorar na cabeça do bichinho durante o experimento é algo que a ciência talvez nunca chegue a descobrir. O fato, contudo, é que a engenhoca funciona. A microestrutura cerebral correlata à vontade de beber água passou a controlar o membro mecânico e a atuar diretamente sobre ele. Demócrito não teria ficado surpreso.

Na visão fisicalista, portanto, nossas experiências mentais não surgem do nada, mas são fruto da atividade dos neurônios e sinapses no cérebro; elas não nascem prontas, mas se dão no tempo. O autoconhecimento humano é precário. O elo entre o pensar e o agir esconde uma realidade objetiva complexa a que não temos acesso introspectivo: nossa vida consciente e nossas ações no mundo são a culminância de uma vasta e intrincada atividade neural que se desenrola abaixo do nosso nível de perceptividade mas que a ciência vem passo a passo conseguindo explicitar, medir e elucidar.

Não é a vontade consciente que ativa o córtex motor e produz a ação. É a atividade das células nervosas em certas áreas específicas do cérebro, como o córtex pré-frontal, que aciona o córtex motor e os músculos do corpo, fazendo-se acompanhar da sensação subjetiva de que o pensamento responde pela ação. Imaginar que a vontade consciente é a causa de uma ação seria como supor que a espuma formada por uma onda ao se quebrar no mar é a causa da rebentação, ou que o ruído provocado pelo disparo de um revólver é a causa do tiro.

26

O futebol foi a religião da minha infância. O Cruzeiro de Tostão, Piazza e Dirceu Lopes — como esquecer a glória daquele time? — era o santuário. Eu narrava o futebol de botão jogado a sós no assoalho de casa, colecionava figurinhas de craques e torcia pela Raposa com um fervor de devoção mais intenso do que quando ia à missa e comungava. A memória do drama íntimo de certos jogos é das lembranças mais remotas que tenho de estar vivo. Se o sofrimento é a única causa da consciência de si, como diz o homem subterrâneo de Dostoiévski, então a paixão sofredora do torcedor mirim foi o berço da minha vida consciente.

Taça Brasil, anos 60. Chegou a tarde da grande final. Tenho cinco ou seis anos e estou grudado ao pé de uma radiovitrola Telefunken de madeira clara, no quarto de minha irmã. O Cruzeiro perde do Santos por dois a zero — Pelé endiabrado em campo. Termina o primeiro tempo: silêncio e consternação. Bate o desespero, começo a chorar. O tempo corre, e a reação não vem; passo a chorar convulsivamente. Os adultos ficam preocupados com o meu estado. Quando mamãe faz menção de desligar o rádio e pôr um fim à agonia, o meu pai, Cruzeiro roxo, desautoriza-a secamente e me fulmina com seu olhar-fuzil. "Homem não chora!"

Súbito, porém, ressurge a esperança: Tostão marca e Dirceu Lopes logo empata. O jogo prossegue, mas não paro de chorar. "Por que agora?", perguntam todos. Já não há razão, não há o que dizer. A angústia da decisão por pênaltis me sufoca. Então o milagre acontece. O ponta Natal faz o gol da virada! Os céus explodem. O meu choro, misturado à balbúrdia, já não perturba ninguém. Do ponto extremo da dor, como num parto, rompe a alegria. Hoje ainda, quando penso naquela tarde de aflição e júbilo, os gritos do locutor — "Natal! Natal! Natal!" — ressoam nas dobras do ouvido interno; a entonação, o timbre esganiçado, o desafogo da voz deixaram marcas indeléveis no meu cérebro de menino.

O Cruzeiro de hoje não é o da minha infância: mudou o futebol, e mudei eu. Assisto aos jogos na TV; torço e vibro por meu time (e pela seleção, é claro); estico cada fibra da alma quando chegamos às finais, mas perdi o dom da entrega daqueles tempos. Não há drama futebolístico concebível que me transporte aos píncaros do desespero e da alegria como no passado. Foi-se o vigor da pulsão furiosa, a seiva enérgica das origens; tornei-me um torcedor maduro, amarrado, incapaz de ir até o fim no desatino. O tempo esfria a alma. Não sou metade do que fui de nascença e a vida esgarçou.

Mas o que é, afinal, *torcer* por alguma coisa? A mesma madureza que esfria trouxe uma certa distância, como que um olhar externo do que vai por mim. É estranho: todos estes anos torcendo, milhares de jogos na bagagem, decisões de vida ou morte, e nunca antes cheguei a me perguntar: o que se passa comigo enquanto estou torcendo? Cada um, é claro, vive e sente as coisas do gramado à sua maneira. O *jogo jogado* é o mesmo para todos: o placar final tem a solidez do granito. Mas, quando se trata do *jogo vivido*, tudo se transfigura. Qual o segredo do arrebatamento a que nos abandonamos na agonia de torcer? Que tramas e surtos da mais singular subjetividade não se filtram pelos olhos e mentes grudados aos volteios da bola numa tela de TV?

Há toda uma metafísica da mais remota origem embutida na alma torcedora. A palavra *torcer*, bem compreendida, capta o essencial. *Torcer* é se contorcer e remoer por dentro. É a sensação de esticar e distender os músculos e tendões dos nossos desejos e vontades: enfiar-se com as emoções campo adentro como se estivessem misturadas aos pés dos atletas e às trajetórias caprichosas da bola. As contorções faciais e os gestos do torcedor são apenas o sinal visível da ginástica interna que o consome.

Mas não é só. O contorcionismo subjetivo do torcer está ligado a uma crença espontânea indissociável da inclinação torcedora — um modo mágico de pensar e sentir que irrompe na mente com o ímpeto de uma planta selvagem. Torcer é entregar-se à vivência primária e avassaladora de que as contorções que agitam e devoram a alma *torcerão* o curso dos acontecimentos na direção desejada. A explosão do gol — ou de um pênalti defendido — é a confirmação da potência do meu bruto querer.

O torcer é parente do orar, só que sem rodeios e intermediários. Na reza, o devoto se concentra e abre o canal da interlocução pela oração: ele se dirige ao santo ou deus da sua predileção, rogando-lhe que interceda a seu favor. Promessas e sacrifícios podem facilitar o trâmite, mas a eficácia da prece não é fruto da vontade crua do devoto. Ela depende de um despacho da autoridade invocada. O torcedor, é claro, também reza e promete, mas no calor da hora ele vai direto ao ponto. Não é algo consciente ou que se possa escolher e evitar. É um processo mental involuntário, de origem arcaica, e que nos transporta para um mundo mítico onde os nossos desejos e emoções gozam de *poder causal* sobre o enredo aberto e imprevisível do que está em jogo.

O banco de reservas interiores do torcedor entra em campo, desvia a bola perigosa, corta o passe, mata no peito, cruza o escanteio, espalma e cabeceia, vibra no momento exato em que a sua onipotência se confirma na catarse do gol. Uma teia de medos e desejos, temores e esperanças cerca cada lance e afeta cada movimento da bola. Não é à toa que o verdadeiro torcedor se descobre extenuado no final do jogo.

No fundo, a fé selvagem de quem torce é a crença de que podemos domar e torcer o curso natural das coisas — coagir o futuro — por meio da força bruta do nosso querer. O mundo, berra em silêncio a alma torcedora, não é surdo e indiferente ao meu desejo. O devir se rende à minha vontade soberana. É por isso que saber de antemão o resultado de uma partida a cujo videoteipe se assiste mina a possibilidade de torcer. (Quantas vezes na infância, quando ainda não se transmitiam jogos ao vivo pela TV, não torci e vibrei intensamente ao ver partidas já encerradas mas cujo placar ignorava?)

A torcida diante da bola é um caso extremo de família numerosa. Torcemos para que alguém se recupere de uma doença grave; para que o avião vença a turbulência; para que o tempo melhore; para que os bons triunfem e os calhordas afundem; para que o telefone toque ou o e-mail chegue. Diante de um futuro aberto com desfecho incerto, o animal humano não se rende à sua impotência e desamparo cósmicos. Como um apostador inveterado, ele crê na sua vontade como causa de efeitos reais e investe o que pode na roleta mágica do seu louco querer: quando eu me contorço por dentro, o mundo se torce a meu favor. A psicologia do torcer é um escândalo da razão — fé animista que me habita em segredo.

27

Dos meteoros ao arco-íris, houve um tempo em que o universo foi povoado por deuses. Os gregos antigos, em particular, tinham especial apreço pelo culto e adoração dos corpos celestes. Daí que Sócrates, em seu julgamento, tenha sido acusado, entre outras coisas, do crime de blasfêmia e heresia por ter negado o caráter divino do sol, da lua e dos astros celestes. A alegação, contudo, era improcedente. Como relata Platão na *Apologia*, quando Meleto o acusa de afirmar que "o sol é uma pedra", Sócrates retruca perguntando ao seu acusador se ele não o estaria confundindo com Anaxágoras, "cujos livros estão repletos desse tipo de coisa".

Sócrates estava certo. Aquela "heresia" não era obra sua, mas de seu ex-mentor de juventude, Anaxágoras — o inquiridor que se tornou uma das primeiras vítimas de perseguição científica ao afirmar que o sol não era uma divindade, mas somente "uma pedra de fogo". Sua paixão pelo conhecimento, porém, custou caro. Acusado de ateísmo e irreligiosidade, Anaxágoras foi também processado, julgado e condenado pelo tribunal de Atenas. Ao contrário de Sócrates, no entanto, seu amor pela vida falou mais alto que sua vocação para o martírio. Em vez de acatar a pena que lhe foi imputada, ele negociou um exílio no sul da Grécia.

Sócrates, como vimos, *preferiu* morrer. A razão alegada por ele para justificar essa decisão foi um juízo moral: se os atenienses julgaram que ele merecia a pena capital, ele, por sua vez, julgou que o melhor a fazer era submeter-se ao veredicto. Do juízo moral *para a frente*, uma complexa e subterrânea operação neurofisiológica ligou e articulou sua vontade consciente e seus músculos voluntários à ação moral pretendida. E o juízo moral — como explicá-lo? Como entender a decisão socrática de sacrificar a vida a uma justiça flagrantemente injusta? O que se ocultaria por detrás da sua opção pela cicuta em vez da fuga e exílio?

Seria rematada tolice, ninguém contesta, atribuir a conduta de Sócrates à simples mecânica dos seus músculos e tendões, como ridiculariza Platão no *Fédon*. Mas seria igualmente tolo, cabe perguntar, procurar explicá-la de outro modo — não como fruto de um juízo moral temperado de boa dose de ostentação e autoelogio, como o diálogo

sugere, mas à luz de uma sofisticada abordagem neurocientífica, no espírito da abordagem proposta pelos atomistas gregos? Como, afinal, se originam os nossos gostos e
aversões, preferências e juízos pessoais, e o que poderia
dar conta da formação deles?

28

O que nos faz preferir a vida à morte? "A raça dos humanos", responde Emerson, "sempre prestou um agradecimento implícito pela dádiva da existência, a saber, o terror
de que ela lhe seja retirada e o apetite e a curiosidade
insaciáveis pela sua continuação."

O gosto pela vida e o medo da morte — "terror sobe-
rano" — são os dois termos da equação. Quando a vida
se torna, por qualquer motivo, agudamente insuportável, e
a morte é promessa de alívio (ou redenção), o equilíbrio
da balança se altera e a escolha recai sobre a dis-solu-
ção. A preferência por continuar vivo ou por morrer é uma
decisão intertemporal, ou seja, uma comparação entre
valores no tempo: enquanto o valor da existência tal como
a conhecemos supera o valor ignorado e o temor do que
o após-a-morte pode nos reservar — possivelmente o
nada —, é preferível viver.

Um epigrama antigo, por exemplo, relata que Cleombroto, um jovem grego natural de Ambracia, leu o *Fédon* e ficou a tal ponto entusiasmado com a ideia de libertar a sua alma do "túmulo do corpo" que se atirou para a morte do alto de uma muralha em sua cidade natal. Um animal selvagem trancafiado a sós numa cela exígua perde o gosto pela vida, para de comer e morre.

Se o amor pela vida é "a mais antiga e grandiosa entre todas as formas de eros", no dizer de Plutarco, a emoção do medo é parte do nosso equipamento de sobrevivência. Uma criança sem medo do fogo ou de atravessar a rua exige a constante vigilância dos pais; um presidente da República que declara em tom de bravata (como nosso Juscelino nos anos dourados da construção de Brasília) — "Deus me poupou do sentimento do medo", quase certamente prepara um imbróglio para a nação que des-governa (se é que acredita no que diz). "É preciso coragem para sentir medo", rebateria Montaigne.

A emoção do medo, seja qual for o seu objeto, envolve quatro dimensões básicas: a experiência subjetiva (consciente ou não); as alterações neurofisiológicas do cérebro associadas a ela; as manifestações faciais e corporais; e, por fim, uma resposta comportamental.

Tanto a expressão facial como a ação reativa que o medo na maior parte das vezes deflagra, como fuga, paralisia ou enfrentamento, podem ser diretamente observadas; na trilha de Darwin, um estudo recente revela que, da Finlândia ao Butão, a expressão facial do medo e de outras emoções primárias é surpreendentemente homogênea nas diferentes culturas e, portanto, geneticamente ancorada.

A dimensão subjetiva do medo, familiar a todos, é aquela a que temos acesso por meio da atenção consciente ou introspecção. Em situações extremas, como no caso de uma ameaça à mão armada, o cano do revólver no peito, a sensação de medo se torna uma experiência visceral: a respiração e o coração disparados, o estômago comprimido, o frio suor.

Não é à toa que momentos como esses, embora minúsculos no tempo, deixam marcas vívidas e indeléveis na memória. O transtorno do estresse pós-traumático designa um quadro bem definido em que, ao menor estímulo externo associado a um trauma passado, a experiência aguda de medo e pavor irrompe outra vez na mente e inunda como um tsunami a orla consciente do cérebro.

Uma fração mínima de tudo o que vivemos fica retida na memória. Por que alguém se lembra de um romance que leu na juventude, mas não da manchete do jornal de anteontem? Por que me recordo em detalhes do apuro durante a palestra no Riocentro, mas não do que almocei naquele dia? Por que as nossas experiências de medo costumam deixar marcas mais profundas e permanentes na memória do que deixam nossas experiências de alegria ou surpresa?

O órgão que responde pela formação de memórias de longo prazo se chama hipocampo (grego *hippos*: "cavalo" + *kampos*: "monstro marinho"), uma estrutura em forma de cavalo-marinho situada no centro do cérebro. A distinção entre os dois tipos de memória — fugazes e duradouras — tem uma contrapartida bioquímica; o mecanismo molecular subjacente a cada uma delas foi elucidado pelo neurocientista austríaco radicado em Nova York, Eric Kandel.

Basicamente, ele mostrou que a força e a duração de uma lembrança dependem da ação de proteínas específicas que intensificam as conexões que se constituem entre grupos de células nervosas especializadas. Esse processo, no entanto, não está sujeito a um controle da vontade consciente; daí que desaprender certas memórias, como traumas ou medos irracionais que desejaríamos apagar para sempre da consciência, possa ser mais difícil — quando não é de todo impossível — do que fixar e preservar memórias que gostaríamos não só de guardar, mas de poder evocar vivamente, a bel-prazer, pelo resto de nossos dias.

Diferente das outras três dimensões do medo (subjetiva, facial e motora), a neurofisiológica é a única a que não temos acesso direto — nem pelos nossos sentidos, nem pela consciência. E, não obstante, é nela que a verdadeira ação se desenrola; pois é a atividade do cérebro que rege e comanda, como um QG oculto, as manobras e a coreografia das demais.

O xis da questão é: que tipo de relação existe entre o medo sentido — um estado mental — e o medo do ponto de vista neural — um estado do cérebro?

Em contraste com outras emoções chamadas "superiores", como a vergonha, a simpatia e a culpa, que dependem não apenas de quem as sente mas do que sentimos sobre o que os outros estão sentindo e pensando, o medo pertence ao rol das emoções primárias, assim como a raiva, a alegria e a repugnância. Isso significa que o medo possui raízes ainda mais fundas na anatomia do cérebro.

O órgão que responde pela emoção do medo nos mamíferos e no homem é a amígdala (grego *amugdále*: "amêndoa"); ela faz parte do sistema límbico e está conectada tanto ao hipotálamo, região mais primitiva do cérebro, como ao córtex cingulado, uma área ligada, ao menos no caso do homem, a estados conscientes. A amígdala (nenhuma relação com o organoide homônimo localizado na garganta) atua não só como uma espécie de maestro-regente, coordenando outros órgãos, mas também como solista no concerto neural do medo.

Como qualquer outra experiência subjetiva, o medo possui um correlato neural específico. Mas quem manda em quem? A extração das amígdalas subcorticais em mamíferos faz com que eles percam a expressão facial e o comportamento reativo associado ao medo, além de torná-los imunes ao processo de condicionamento pavloviano dessa emoção. Os pacientes humanos submetidos à remoção parcial da amígdala, no tratamento de epilepsia, perdem a faculdade de sentir medo e, ainda, a capacidade de revivê-lo como experiência emocional na memória e reconhecê-lo nas feições alheias.

Por outro lado, basta o estímulo elétrico desse mesmo órgão, por meio de eletrodos, para produzir a sensação consciente de medo. O rastreamento dos dois circuitos neurais do medo, via hipotálamo e via córtex cingulado, mostra ainda que a atividade fisiológica pré-consciente *precede* o aflorar da consciência do medo na mente. Ao se deparar com um estímulo externo que os sentidos transmitem ao sistema nervoso, digamos uma arma apontada para o peito ou uma sucuri, o cérebro prontamente reage e atua sobre o resto do corpo, fazendo-se acompanhar num átimo de segundo do medo como sensação subjetiva interna. É como tirar a mão do fogo: se fosse preciso aguardarmos a consciência da dor se produzir e aflorar à mente para só depois reagirmos, a queimadura seria inevitável.

O medo é contagioso. Um coelho que subitamente se vê nas garras de um predador e assusta os outros coelhos do bando com seu guincho de pânico não está avisando-os do perigo, mas contaminando-os com seu medo. Imaginar que a experiência mental do medo — com a qual unicamente estamos familiarizados graças ao acesso introspectivo que temos dela — é a causa dessa emoção seria como supor que a intenção de alertar o bando é o real motivo do guincho do coelho. A sensação subjetiva, como o efeito colateral do guincho, não é a causa determinante, mas um subproduto concomitante de um evento produzido por outras causas.

29

O medo apavora; o desejo atrai. Assim como o medo, o gosto pelas coisas tem uma contrapartida neural definida. O circuito cerebral de recompensa dos desejos, baseado na descarga de um mensageiro químico repassador de sinais entre células nervosas, é essencialmente uniforme no reino animal. Ao saciar um desejo como a fome ou o sexo, o cérebro premia o animal com a liberação de um neurotransmissor — a dopamina — que produz uma sensação prazerosa.

A grande diferença entre o cérebro do homem e o das demais espécies é o tamanho avantajado do córtex frontal — um órgão de origem evolutiva mais recente, constituído por camadas superpostas de células nervosas, e que é responsável por um sofisticado sistema decisório de filtro e controle no exercício das possibilidades de gratificação que o ambiente oferece. Embora calculista e inibidor por excelência, não é sempre que o córtex consegue se fazer ouvir e evitar lapsos ou recaídas. A oração do *jovem* Agostinho — o avanço dos anos e o refluxo do ardor juvenil mudaram isso — é sintomática: "Dai-me, Senhor, a castidade e a continência, mas não já".

O experimento clássico na pesquisa sobre a neurofisiologia do desejo, feito originalmente com ratos de laboratório em 1954, induz o animal a se autoestimular com uma alavanca. Toda vez que ele a pressiona, eletrodos implantados no cérebro emitem um suave pulso elétrico de meio segundo de duração numa região que faz a interface entre os demais órgãos do sistema límbico e o córtex frontal, e que responde pelo nome de *núcleo accumbens*. O efeito desse estímulo é o incremento da dopamina no cérebro, de modo análogo ao que ocorre quando o animal come, bebe ou copula.

A diferença, porém, é que o apetite é insaciável. Como o estímulo é aplicado diretamente no "centro de prazer", sem precisar transitar por outras regiões inibitórias do sistema nervoso antes de atingir a região subcortical, ele não está sujeito ao princípio da saciedade, como no caso dos prazeres obtidos em ambiente natural. A gratificação proporcionada pelo pulso elétrico é de tal ordem que o rato perde o interesse por tudo, inclusive comida e sexo, e passa a se autoestimular dia e noite, chegando a 3 mil vezes por hora, até o colapso por exaustão.

O resultado é reversível. Ao se bloquear artificialmente a liberação e absorção de dopamina no cérebro, o rato não só para de apertar a alavanca como perde o apetite por comida, mesmo quando ela está disponível e seu organismo carece de nutrição.

Não demorou muito tempo, como é de praxe, e os cientistas encontraram um pretexto impecável para testar esse método em cobaias humanas. A oportunidade surgiu nos anos 60, quando a lobotomia entrou em voga no tratamento da epilepsia e de outras doenças nervosas. Como a massa encefálica é insensível à dor ("Casa de ferreiro, espeto de pau"), esse tipo de cirurgia pode ser feito com anestesia local, de modo que o paciente permaneça alerta e consciente durante o procedimento. A ideia era aproveitar a ocasião da cirurgia para testar se a estimulação elétrica do núcleo accumbens produziria um efeito semelhante ao observado nos ratos e, caso a hipótese se confirmasse, utilizar essa técnica para um tratamento mais eficaz de depressões severas e dores crônicas.

A hipótese confirmou-se. A estimulação do núcleo accumbens produziu um curioso naipe de sensações prazerosas. Alguns pacientes chegaram ao extremo de compará-la a uma espécie de euforia orgástica, ao passo que outros, segundo relatos, foram mais longe: apaixonaram-se pelos cientistas responsáveis pelo experimento. Os pacientes que podiam aplicar o estímulo a si mesmos, apertando um botão enquanto a cirurgia era feita, não ficaram atrás dos ratos no afã com que usaram o dedo.

Já o potencial terapêutico da técnica, no entanto, decepcionou: como as sensações prazerosas, embora intensas, são de curta duração e acabam no momento em que cessa o pulso elétrico, o método não se mostrou capaz, até aqui, de propiciar benefícios duradouros aos pacientes severamente deprimidos ou afligidos por dores crônicas.

O parentesco entre a compulsividade dos roedores e o comportamento dos viciados em drogas é patente. Drogas como álcool, nicotina, anfetamina e cocaína, entre outras substâncias legais e ilegais, têm a propriedade de incrementar a liberação e absorção de dopamina nos circuitos de gratificação do cérebro. Basta a expectativa concreta de uma dose — um simples contato visual ou tátil com a substância — para deflagrar o processo. Quanto mais forte e causadora de dependência é a droga, mais veloz e intenso o efeito. E mais: assim como os ratos à mercê da alavanca, os viciados tendem a perder o apetite por fontes de gratificação distintas da droga a que estão quimicamente algemados. O "paraíso no bolso do paletó", como exultou Thomas de Quincey ao descobrir as delícias do ópio, é o pesadelo ao alcance das mãos — o flagelo do prazer.

O cérebro com que viemos ao mundo é uma relíquia pré-histórica: um órgão de espantosa complexidade moldado sob a pressão evolutiva e a forja silenciosa dos milênios anônimos que precedem a linguagem e o calendário. Daí que ele seja um sistema formado por dois hemisférios assimétricos dotados de funções e modos de ser diferenciados e por circuitos modulares que vieram se justapondo na evolução das espécies e nem sempre estão perfeitamente integrados.

O que dizia Montaigne no século XVI com uma boa pitada de exagero retórico — "Somos todos constituídos de peças e pedaços juntados de maneira casual e diversa, e cada peça funciona de maneira independente das demais" — tornou-se, devidamente qualificado, um lugar-comum da neurociência.

Na maior parte do tempo, é verdade, essas "peças e pedaços" funcionam de maneira razoavelmente coordenada e cooperativa. Mas, em inúmeras situações da vida prática, elas competem, medem forças e negociam entre si. Isto ou aquilo? Isto agora ou aquilo depois? Assim como as nossas emoções, os conflitos e dilemas que muitas vezes irrompem na consciência e tomam conta da mente — "mais parece uma tumultuosa república", queixou-se certa feita o príncipe prussiano Bismarck comparando-se ao Fausto, de Goethe, que "tinha *apenas duas* almas no seu peito" — possuem correlatos cerebrais definidos.

Considere, por exemplo, uma decisão prosaica: a de comprar ou não um determinado item de consumo. Um trabalho de neuroeconomia, baseado em imagens obtidas por ressonância magnética funcional, mostra que diante de uma opção desse tipo duas áreas do cérebro medem forças e disputam o controle da ação.

De um lado está o *núcleo accumbens*, com seus receptores de dopamina sempre a postos quando uma oportunidade de gratificação se oferece; e, de outro, está a *insula* (termo latino para "ilha"), uma região do córtex associada a sensações de desconforto e desprazer, como as que nos são causadas por mau cheiro, insultos ou desembolso de dinheiro.

O fato surpreendente é que, mediante a observação do grau de ativação dos circuitos neurais envolvidos no embate entre o núcleo accumbens (emissário do desejo-prazer) e a insula (emissária do custo-desconforto associado àquele gasto), é possível prever com segundos de antecedência se um potencial comprador vai ou não adquirir um determinado bem.

Enquanto o freguês hesita e pondera se vai ou não pôr a mão no bolso, o cérebro já tem a resposta. A expressão do rosto não revela, mas o contraste entre um avarento, como o tabelião Vaz Nunes do conto "O empréstimo" de Machado, que "roía muito caladinho os seus duzentos contos de réis", e um gastador inveterado, como o perdulário Custódio, que "nascera com a vocação da riqueza, mas sem a vocação do trabalho", pode ser claramente apreciado na tela de um computador.

Embora incipiente, outra linha de investigação explora a possibilidade de alterar preferências de consumo — em relação a alimentos que causam obesidade, por exemplo, ou à quantia que se admite pagar por determinados bens — por meio da estimulação magnética transcraniana, uma técnica capaz de inibir (ou amplificar) temporariamente a atividade em regiões pontuais do cérebro.

No embate de forças subjacente às nossas escolhas, o sistema límbico e o córtex frontal são os principais vetores: os impulsos e desejos oriundos do primeiro gozam da prerrogativa de iniciar os lances da peleja, mas têm de abrir caminho e negociar passagem pelo crivo modulador do segundo; só assim serão capazes de empolgar o sistema motor e acionar os músculos relevantes.

O animal humano traz no córtex hiperdesenvolvido a fiação neural que o distingue dos outros animais. É graças a ele que temos a faculdade de nos distanciarmos do mundo sensível e de nós mesmos, traçar planos e antecipar consequências. Na prática, o córtex funciona como uma espécie de filtro ou gerente-contador, adepto do cálculo de custos e da prudência. É ele o vigia severo que, quando o primata límbico diz num repente — "Eu quero!", responde — "Não!"; ou ao menos, dependendo do caso e da pessoa, é claro, balança a cabeça e propõe — "Calma lá, *agora* não!".

30

"Não existe almoço grátis", repetia com irritante insistência o meu pai, economista formado pela USP nos anos 50, auge da euforia juscelinista, citando Milton Friedman. O bordão era um mantra no cotidiano da família e me persegue, na inconfundível voz paterna, desde os verdes anos. Eu era jovem, com aspirações à poesia, queimava o meu fuminho nas madrugadas boêmias com amigos da faculdade — vivíamos àquela altura o começo do fim da ditadura militar — e, na época, mal entendia o que meu pai poderia querer dizer martelando aquela fórmula nos meus ouvidos. E hoje, no entanto, ao pensar nos conflitos e negociações travados no subsolo da mente, compreendo-a bastante bem; melhor talvez que o meu finado pai, se me for permitido um deslize de imodéstia filial. Por trivial que seja, tudo nesta vida se paga.

O temor de que eu não desse em nada, de que desperdiçasse ridiculamente a minha vida e o meu talento, sem ocupação definida e sem reconhecimento, foi um fantasma que meu pai sempre alimentou sobre mim. Quando soube que eu prestaria o vestibular para letras — quanta coragem não precisei juntar para lhe dizer isso, minha mãe e minha irmã devidamente cooptadas a fim de suavizar o choque —, não escondeu a decepção que eu lhe causava. Não ficou bravo ou raivoso, não ergueu um decibel a voz, não me recriminou acerbamente; mas sua atitude mudou. Passou a me cobrar a definição de um "plano de vida", a alertar-me sobre a temeridade de não ter uma "real profissão" e um emprego seguro, algo que me permitisse constituir família, conquistar uma posição na sociedade.

"Você é livre para fazer o que deseja", dizia, "mas tem de assumir as consequências." O contrato implícito era claro: uma vez que eu estivesse formado, o dever paterno cessava. Que eu não contasse, a partir de então, com nenhum tipo de ajuda material. Era assim que meu pai via a vida: como uma sucessão de deveres e obrigações; como uma espécie de pista ou arena moral em que os obstáculos e desafios, devidamente enfrentados e vencidos, forjam a fibra de um caráter. E como cheguei a detestar tudo isso! As eternas cobranças, a mania de pontualidade, os olhos de lince para as fraquezas e fragilidades humanas, as dívidas irresgatáveis, o senso de dever opressivo, sem trégua. Tudo nele, o tom de voz, os gestos, a expressão de um olhar, um simples bom-dia, exalava qualquer coisa de censura ou apreensão sobre o meu futuro. Durante anos, mesmo sem ter plena ciência do que fazia, passei a calculadamente evitar sua presença.

Mas o tempo corre, e com ele as nossas impressões se modificam. Quando meu pai faleceu em meados dos anos 80, na véspera do grande comício pelas eleições diretas, eu já havia saído de casa — "quebrado a casca do ovo", como ele costumava dizer — e vivia fazia algum tempo por minha conta e risco, com a bolsa do doutorado e a renda de aulas particulares. Só então pude avaliar com a devida distância e compreender melhor o papel que a sua preocupação com o meu futuro exercera em minha vida.

Percebi que a pressão paterna, embora detestada e ocasionalmente rude na época, fora decisiva no compromisso com que me dediquei à faculdade e na seriedade com que encarei o desafio de me viabilizar profissionalmente. Era nada menos que o meu autorrespeito e senso de valor pessoal em jogo: era aprender a nadar ou morrer. Pus na cabeça que, fosse como fosse, não importava o sacrifício exigido, precisava provar a ele e a mim mesmo, sem margem a dúvidas, que podia me tornar alguém respeitável, com mérito reconhecido, um filho que não o decepcionara. Dediquei a meu pai *in memoriam* a tese sobre Machado.

A perspectiva dos anos trouxe-me ainda a percepção de que, apesar de morto, meu pai permanecia estranhamente vivo em mim, como se aspectos essenciais da sua alma e do seu modo peculiar de encarar as coisas tivessem fincado raízes e colonizado bolsões do meu cérebro. Acontece que herdei dele, por motivos que me são inteiramente alheios à vontade e insondáveis, *o fantasma do desperdício —*

o obstinado e exasperante receio de estar esbanjando o meu tempo, dissipando minhas aptidões, vivendo vergonhosamente *aquém* de um futuro que sempre esteve ao meu alcance. A violência desse sentimento, é inegável, já foi maior do que é hoje. Depois do tumor, sobretudo, aprendi a tomar distância e usufruir de uma condição menos opressiva de culpa por tudo aquilo que, aos olhos do meu pai em mim (ou seja lá de quem for), deixei de ser. Aprendi a desfrutar da liberdade da minha insignificância.

Vez por outra, entretanto, o velho fantasma ainda me visita. Enquanto me dedicava à desconstrução neurocientífica da morte voluntária de Sócrates, por exemplo, vislumbre que acabou adquirindo inesperada força na minha imaginação, quantas vezes não voltei a me questionar, sempre que interrompia o trabalho: quanto tempo já não esbanjei nisso?! Quantas semanas e meses, eu me perguntava, pretendo investir ainda nesse extravagante desmanche do *Fédon*, peça por peça, a fim de mostrar que a morte de Sócrates pode ter sido tão natural como o seu nascimento, não obstante a dupla ficção de que se reveste — a platônica e a do mártir sobre si mesmo?

A capacidade do cérebro de qualquer pessoa é limitada e torna-se cada vez mais risível perto da massa de saber existente. A internet só fez acelerar vertiginosamente o descompasso: o hiato é exponencial. Sentia-me humilhado e intimidado pela vastidão da minha ignorância diante da explosão da pesquisa a respeito da relação mente-cérebro; todo dia alguma novidade, a cada fôlego do trabalho a descoberta de algum resultado, antigo ou recente, cobrando que eu lhe desse a atenção devida se pretendesse me levar a sério como investigador. Poderia facilmente passar o resto da vida como a Rainha Vermelha, da *Alice*, correndo cada vez mais rápido para ficar no mesmo lugar — ou ainda mais atrás. Onde vai dar tudo isso?

Porém, assim que voltava ao trabalho e mergulhava no pequeno e absorvente mundo dos meus cadernos; assim que tomava assento no meu canto da biblioteca ou em minha escrivaninha, sem outra preocupação a não ser a de tomar notas cuidadosas de tudo que vinha lendo e desfiar por escrito os meus próprios pensamentos, o fantasma se dissipava. Todo o tormento do desperdício, toda a irritação da culpa pela sensação de que estava num lugar quando poderia e deveria estar em outro, como que por encanto sumia do meu espírito. Era como se a pressão do tempo — e com ele o fantasma da alma paterna sempre à espreita de uma fissura no meu cérebro, estranha modalidade de vida após a morte — simplesmente deixasse de existir. Aproveitar o tempo? A natureza ignora o que seja o desperdício. "Melhor vida é a vida que dura sem medir-se."

31

A alma que olha *de fora para dentro* interroga e desnuda a alma que olha *de dentro para fora*. Há mais coisas entre a mente e o cérebro do que supõe a nossa psicologia intuitiva. Do arco-íris à epilepsia, a ciência reduz mistérios a trivialidades: um simples teste de DNA sobre a paternidade de Ezequiel teria resolvido o mistério — e suprimido o mote — de *Dom Casmurro*.

Da mesma forma, uma boa sessão de ressonância magnética funcional seguida de uma tomografia por emissão de pósitrons do cérebro de Sócrates à véspera da sua execução — para não falarmos de técnicas muito mais avançadas de visualização do cérebro em tempo real que seguramente surgirão no futuro — poderia revelar evidências preciosas sobre o que realmente se esconde por detrás de sua conduta e morte exemplares. A ausência de dados empíricos, entretanto, não impede que se levantem algumas hipóteses. Afinal, como ensina Platão na *República*, "precisamos seguir até onde o vento do argumento nos leva".

Aos setenta anos redondos de idade, Sócrates já não era nenhuma criança ao ser preso. A primeira pergunta é: teria ele escolhido o mesmo caminho e enfrentado a morte com igual serenidade caso a sua condenação tivesse ocorrido, digamos, não aos setenta, mas aos vinte ou trinta e poucos anos, quando o seu gosto pela vida e a sua vontade de aprender sobre todas as coisas possíveis não conheciam limites? Como teria reagido o *jovem* Sócrates ao receber uma pena de morte tão injusta no desabrochar da vida?

Considere, como contraponto, a postura da jovem Ifigênia, filha mais velha do rei Agamenon, na tragédia de Eurípides que leva o nome dela. Quando seu pai a oferece em sacrifício à deusa Ártemis, visando a obtenção de ventos que impelissem seus navios para a Guerra de Troia, Ifigênia protesta vivamente e não se conforma com o destino que lhe é impingido.

O juízo moral que ela enuncia ao saber da sentença de morte que paira sobre o seu futuro é o reverso exato do emitido por Sócrates no *Fédon*: "Preferir a morte é pura insensatez! Uma vida infeliz é mil vezes melhor que uma morte feliz!". Enquanto o filósofo acata de bom grado a pena que lhe foi imposta e se despede da vida na expectativa de um após-a-morte venturoso, a jovem virgem aferra-se à sua existência, descarta a ideia de que a morte possa representar algo desejável, por desafortunada e infeliz que seja a vida, e se recusa ao sacrifício por uma suposta razão de Estado.

A mente humana é um campo de forças que reflete os impulsos e sinais oriundos das diferentes partes do cérebro. O quadro, porém, é dinâmico: *a idade conta*. As etapas do ciclo de vida e o processo natural de envelhecimento celular alteram a força relativa dos módulos e circuitos neurais em disputa pelo controle das preferências que deságuam em nossas ações.

Um dos efeitos do envelhecimento é o fato de que os sinais dos órgãos sensoriais para o cérebro, assim como de uma região para outra dentro do cérebro, tornam-se mais fracos e lentos. A "longa intoxicação da juventude", por sua vez, "a razão em estado febril", como dizia La Rochefoucauld no século XVII, resulta, agora sabemos, de um coquetel hormonal à base de testosterona que turbina a impulsividade e aumenta a força relativa do sistema límbico, com seus ímpetos veementes, taras e repentes. Na velhice, goste-se ou não do fato, o quadro se reverte: o sistema límbico enfraquece, e ganham força os cálculos moderadores e prudenciais do córtex frontal.

Daí que um cérebro entrado em anos, como o de Sócrates, já não tenha o apego e o gosto pela vida de um cérebro jovial, como o de Ifigênia, assim como um homem de sua idade já não tem a libido e o vigor dos afetos de alguém meio século mais moço. Imagine o que teria feito o *jovem* Sócrates, preso e sentenciado à morte, diante de uma chance concreta de fuga da cadeia. Os seus "ossos e tendões", é plausível supor, governados por um sistema límbico vigoroso e pela natural impulsividade juvenil, não hesitariam um segundo em fugir o mais depressa possível para Mégara ou para a Beócia, "impelidos pelo seu juízo do que era melhor". O sistema límbico não teria a menor dificuldade em driblar as eventuais restrições do córtex frontal e empolgar o sistema motor. "Boas pernas, pernas amigas! — muletas naturais do espírito!", como diria Machado.

Mas o gosto anêmico pela vida — que beira a raia de um desgosto mórbido e ascético na violenta investida contra as enfermidades e desejos do corpo na abertura do *Fédon* — não é tudo. Ao contrário de Ifigênia, Sócrates não tem medo da morte. Ele ingere a cicuta "com bom humor e sem o menor desgosto" e, logo a seguir, repreende os amigos que lamentam e choram a sua partida, alegando que foi justamente para evitar cenas e explosões daquele tipo que ele baniu a presença da família — mulher e três filhos — na tarde derradeira.

Suas últimas palavras — "E, Crito, devemos um galo a Asclépio, por favor não deixe de pagar a dívida" — contêm uma boa dose de travessa ambiguidade: a oferenda de um galo à divindade grega das curas médicas pode significar tanto um agradecimento pela cura da moléstia que seria habitar um corpo — a alma enclausurada no invólucro mortal — como um agradecimento pela cura de alguma enfermidade em particular — estaria o filósofo doente? — ou, quem sabe, outra coisa.

Como entender a absoluta indiferença emotiva de Sócrates diante da própria morte? A explicação que ele oferece no diálogo é imaculadamente mentalista. "Quando vemos um homem", ele indaga, "tomado de ressentimento porque vai morrer, isso não é prova bastante de que ele não é afinal um amante da sabedoria, mas o que podemos chamar de um amante do corpo?" A alma rege o corpo. O genuíno filósofo vence o jugo do corpo e despreza os prazeres — comida, bebida, sexo e riquezas — que nos prendem ao mundo. É por isso que, confiante na imortalidade da alma e nas benesses de uma existência sem as máculas do corpo, ele não teme a morte. (O parentesco com a epístola de são Paulo aos romanos é irrecusável: o temperamento ascético é *escolha* ou *condição*?)

Uma abordagem fisicalista, contudo, lançaria sérias suspeitas sobre essa explicação. O cérebro rege a mente. Emoções primárias como o medo, a raiva e a alegria não se dobram aos ditames da consciência e tampouco se rendem a raciocínios abstratos.

O córtex frontal, é certo, pode ser capaz de controlar e conter — até determinado ponto — a expressão facial e motora das emoções. Nem sempre o sentimento do medo aflora à consciência ou desemboca em ação. Mas a ocorrência ou não da emoção no sistema nervoso é um evento neural vedado à escolha e imune à deliberação consciente; nossa capacidade de bloqueio, por um simples ato de vontade ou decreto mental, da sua emergência espontânea no cérebro tem tanta eficácia como um feriado cristão na vida de um inseto.

O escaneamento do cérebro de Sócrates poderia, nesse particular, dirimir algumas dúvidas. Duas possibilidades se abrem. Se a amígdala subcortical do filósofo estiver anormalmente ativa, então ele *tem* medo da morte, apesar das aparências e afirmações em contrário; o passo seguinte seria tentar entender por que a emoção não subiu a rampa da consciência e não se expressou em sua fisionomia.

Mas, se a amígdala estiver em ponto morto não obstante a gravidade da hora, então ele de fato *não* tem medo da morte, o que pode decorrer de uma lesão ou natural enfraquecimento do órgão em virtude da idade. Em nenhum dos dois casos, no entanto, o grau de ativação da amígdala —

estado do cérebro — resulta de uma escolha consciente — estado mental — de Sócrates. O eu-soberano do filósofo é tão responsável pela emoção primária do medo como pelo efeito da cicuta em seu sistema nervoso central. A tensão entre o impulso das pernas — propensas à fuga diante da ameaça iminente — e a consciência moral de Sócrates — manter o corpo sob rédeas curtas — é a contrapartida mental de uma disputa entre áreas distintas do seu cérebro.

Suponha ainda, para concluir, que em vez de um *grand finale* Sócrates terminasse os seus dias no exílio, sem o drama de um fim exemplar. E se ele tivesse morrido na velhice, mas de outro modo, vítima, digamos, de um mal de Alzheimer ou de uma longa e degradante enfermidade? Teria ele impressionado, como sem dúvida o fez, os seus contemporâneos e a posteridade?

"Nos anos da velhice", aponta Schopenhauer, "a vida é como o quinto ato de uma tragédia; sabemos que um desfecho trágico está próximo, mas não sabemos ainda qual será." Ao "comprar" a morte antecipada — núcleo accumbens x insula —, Sócrates trocou alguns anos (provavelmente poucos) de vida por um formidável impulso para a sua reputação póstuma — um investimento de longo prazo e elevado retorno a custo relativamente baixo. As vantagens da permuta, não é descabido supor, dificilmente terão passado despercebidas das antenas calculistas do seu córtex frontal. A aposta vingou.

32

O que parece claro e conhecido, de familiar que é, pode não sê-lo. O avanço da ciência natural mostrou que os fenômenos do mundo externo não são na realidade como nos parecem ser. A Terra não é o centro imóvel do universo; as espécies vegetais e animais não são imutáveis ("É como confessar um crime", confidenciou Darwin a um amigo quando a descoberta primeiro se impôs a ele); e a fissão de um punhado de átomos libera energia suficiente para iluminar — ou eliminar — uma populosa cidade (ao contrário do que supunham os atomistas gregos, os átomos não são indivisíveis).

Mas, se é assim na elucidação do mundo externo e na devassa das suas leis e mecanismos, por que seria diferente em relação ao nosso mundo interno? Não seria ilógico supor que, diante dos fenômenos da vida mental, as crenças e certezas intuitivas do senso comum acertassem sempre?

O que poderia ser mais familiar para qualquer pessoa do que a relação que obviamente existe, à luz de nossa faculdade introspectiva, entre um ato de vontade consciente, de um lado, e uma ação na vida prática, de outro? É simples como "Eu quero, eu faço!". E, no entanto, ao examinarmos de perto a real natureza desse elo causal entre o pensar e o agir, à luz de tudo o que sabemos sobre o mundo que nos rodeia, é difícil conceber alguma coisa que seja menos óbvia, menos clara ou menos inteligível. E então?

Há um ponto em que a nossa psicologia intuitiva não pode estar errada. A força e a presença avassaladora da experiência subjetiva em nossas vidas são incontestáveis — trata-se de um dado da condição humana. Afirmar que a mente é *idêntica* ao cérebro, como fazem alguns; ou então que, assim como as bruxas, o centauro ou o flogisto, ela simplesmente *não existe*, como dizem outros, é fugir da questão.

É absurdo imaginar que a vida mental e a autoconsciência serão eliminadas do mundo só porque elas não se prestam a uma explicação científica, pelo menos com as categorias de que dispomos e nos moldes da ciência atual. Que o entendimento científico do ser humano como ser natural deixe a mente de fora dos seus modelos, conjecturas e teorias é uma coisa; mas que isso implique a negação da realidade da mente é algo completamente distinto — e injustificável.

Desde o atomismo grego, a ciência natural tem avançado sob o princípio da máxima *objetividade*, ou seja, deixando de fora o que não pode ser aferido, medido, modelado e publicamente observado. O filósofo da ciência Ernst Mach, por exemplo, empirista radical que era, duvidava da existência dos átomos até que lhe mostraram os efeitos da sua desintegração na tela de um aparelho científico. A explosão da primeira bomba atômica, alguns anos mais tarde, completou o serviço de persuasão.

O mundo mental não admite essa abordagem — ele está fechado na interioridade de cada um de nós. Ninguém se move de si. Não menos que os nossos sonhos noturnos — esses pequenos surtos alucinatórios —, nossas sensações, pensamentos, desejos e memórias são experiências estritamente pessoais, vedadas a qualquer tipo de observação ou exame público. Daí que os estados mentais sejam excluídos das explicações científicas. Mas isso não significa, é claro, que eles não tenham uma existência e uma natureza próprias. A realidade objetiva não é toda a realidade.

A verdadeira questão, portanto, não é saber *se* a vida mental existe — isso é tão indubitável como a página diante de nós. O problema da relação mente-cérebro é o *como* — e o *porquê* — da consciência. Qual é o mecanismo exato por meio do qual a atividade eletroquímica nos bilhões de neurônios em nossos cérebros se transforma na experiência subjetiva de que cada pessoa está ciente no seu próprio caso? O que se oculta sob o véu dessa enigmática realidade e o que decorre de tudo isso para a nossa autocompreensão?

Chegará um tempo, é razoável supor, em que a posteridade ficará abismada de que fôssemos ignorantes de coisas tão manifestas. E se o arco-íris da vida mental vier um dia a render seus segredos a um "Einstein da neurociência" — alguém capaz de descobrir o $E = mc^2$ da relação mente-cérebro? Candidatos à façanha não faltam — conseguirão lográ-la?

Roger Sperry, eminente neurocientista americano, enuncia com clareza o que está em jogo: "De todas as questões que se podem fazer sobre a experiência consciente, não há nenhuma outra cuja resposta tenha implicações mais profundas e abrangentes do que a questão de saber se a consciência é ou não causal". Estados mentais são capazes de alterar objetivamente estados cerebrais? Por que, afinal, a mente? E que papel ela tem em nossas vidas? Quem — ou o que — pilota quem?

TERCEIRA PARTE

O tumor metafísico

Se a filosofia, entre outros descaminhos, viesse a manter a noção de que talvez pudesse ocorrer a um homem agir de acordo com os seus ensinamentos, poder-se-ia tirar daí uma peculiar comédia.

Søren Kierkegaard

33

A vida é uma viagem de descoberta, feita involuntaria-mente. Se este livro fosse um *thriller*, seria a hora do crime; se ele fosse um drama passional, o instante da vertigem, o limiar da luxúria e do pecado; se fosse uma trama de aven-tura, o momento da captura e prisão pelas tropas inimigas. Mas este livro não é nada disso. Ele é apenas a história do mal que me aflige; o peculiar drama íntimo, sem derramar de sangue nem suspense, de um ex-professor de província, meio surdo, precocemente aposentado. E, no entanto, como negar? Há qualquer coisa de crime e fruto proibido, de verti-gem adúltera e captura no que aconteceu comigo.

Por que é tão difícil confessar isso? Preciso desabafar de uma vez por todas. A neurociência salvou minha vida: graças a ela consegui livrar-me, e lá se vão dez anos, de um tumor cerebral — por isso estou aqui. Mas meu encontro com ela não parou aí. Os anos que passei mergulhado em estudos sobre a relação mente-cérebro, como o devoto anônimo e obstinado de uma vocação, semearam em mim o foco de uma temível condição. O remédio que salva, aplicado de fora, virou peçonha que envenena, vinda de dentro. Quando me dei conta, estava nas malhas de uma agressiva moléstia. *Tornei-me um fisicalista.*

Não foi uma conversão fulminante. O que se passou comigo não teve o estrépito de uma iluminação súbita ou de um veemente despertar, como um Saulo às avessas no caminho de Damasco, ou Agostinho, convulsionado em lágrimas, ao descobrir no canto distraído de uma criança vizinha a mensagem dos céus. O mal que me aflige insinuou-se aos poucos, tenaz e astucioso, sem alarde, como uma progressiva e surda contaminação mental. Eu não abracei o fisicalismo, mas fui abraçado por ele. Não escolhi acreditar nele, mas fui escolhido e tomado por ele; arrastado pela envolvência de sua lógica e pelo desabrochar frio e implacável do seu poder de convencimento, como um amante infeliz atraído e tragado por um amor maldito que ele não escolheu.

No princípio, como tudo que nasce, era um pontinho à toa. Ficava ali, num canto meio escuro da mente, possibilidade apenas, não mais que uma ideia entre outras no ar rarefeito das conjecturas: uma quase imperceptível verruga adormecida à sombra das crenças e certezas que me embalavam. Chegou a hora, no entanto, em que o equilíbrio cedeu. Sob o efeito enervante da paixão com que avancei nos estudos, livro a livro, *paper* a *paper*, argumento a argumento, o ponto germinou. As células da verruga desandaram a multiplicar. E o que era uma ideia abstrata somente, de remoto apelo e pálida vigência, como que ganhou vida própria e fincou raízes no meu ser. O fisicalismo deixou de ser simples crença ou anomalia do acreditar; deixou de ser opção para se fazer fatalidade — um poder despótico alojado no âmago do organismo anfitrião.

Padeço de uma doença da alma. A extração do tumor físico produziu em mim um resultado imprevisto: um tumor metafísico. A alma vista de fora para dentro lacera e sufoca a alma vista de dentro para fora. "Mas por que se atormentar com esse tipo de coisa?", ouço a voz do bom senso, meu pai se estivesse vivo, impaciente de fúteis lucubrações. "O que lhe falta é um bom emprego, uma família, uma ocupação decente; já não bastam os problemas *reais* que a vida nos obriga a enfrentar?" "E além do mais", haveria de cutucar, "acreditar nisto ou naquilo, teoria A, B ou Z, e *daí* — que diferença faz?" É difícil saber ao certo. Não espero ajuda ou consolo; só o que peço é a gentileza de um ouvir atento; o bálsamo da compreensão. Aconteceu, não há volta. O grau de malignidade e as repercussões do meu distúrbio transparecerão aos poucos.

34

Até que ponto escolhemos aquilo em que acreditamos? É difícil saber como é com cada um. Às vezes tenho a impressão de que existem pessoas capazes de acreditar em praticamente qualquer coisa: portam-se como consumidores a comprar ou descartar no mercado das crenças aquilo em que acreditam — ou pelo menos *dizem* acreditar, até para si mesmas —, como se optassem por um programa na TV ou marca de dentifrício. Como conseguem ser tão maleáveis? Mas existirão pessoas assim, é o que me pergunto — gente com o dom de ligar ou desligar na consciência aquilo em que convém acreditar? Francamente não sei. Só o que sei — e disso estou seguro — é que, se tal dom existe, eu definitivamente não o possuo. Comigo não é assim.

Se eu pudesse escolher livremente aquilo em que acredito, preferiria acreditar que a Terra é o centro do universo, e não uma parte insignificante dele; preferiria acreditar na existência de alguma forma de providência que zelasse pelos nossos destinos pessoais e coletivos; preferiria acreditar na perenidade da alma após a morte e na recompensa dos justos e na punição dos atrozes; acreditaria que basta crer na minha liberdade de escolha para que ela de fato exista... E não obstante — será preciso dizer? — não creio. É como o metabolismo vital do organismo, regido pelo hipotálamo sem intermediários: quando uma crença se torna, por qualquer motivo, realmente necessária, quem escolhe no que crê? Poderia Bentinho, por mais que isso lhe fosse conveniente, ter escolhido não acreditar na traição de Capitu? Ou Sócrates reconciliar-se com "o eros da natureza mortal" e exaltar os prazeres do corpo?

A lista poderia seguir, mas nada acrescentaria. O fato capital é simples: *querer acreditar* não basta. Há uma fenda que separa aquilo em que se *pode* acreditar — o domínio do crível — e aquilo em que se *tem vontade* de acreditar, ou seja, aquilo em que se acreditaria, com sinceridade, alegria e boa-fé, se fosse possível. Por mais que isso fira o nosso conforto espiritual ou mortifique as pretensões humanas, o desejo de acreditar não pode subjugar o impulso de investigar e descobrir.

Por que não creio no que preferiria crer? "Falta-lhe uma *real* vontade", dirá alguém. Duvido que seja o caso, mas... e se fosse? O que muda? "Ter *real* vontade", respondo eu, "é um simples ato de vontade?" O mundo é independente da minha vontade, e a minha "real vontade" é parte dele. Daí que uma tirada espirituosa *à la* William James, o filósofo pragmatista americano — "Meu primeiro ato de livre-arbítrio será acreditar no livre-arbítrio" —, esteja simplesmente fora do meu alcance. (Por aqui se vê, diga-se de passagem, o quanto me distancio dos chamados "ateus militantes", Richard Dawkins à frente, para os quais as crenças humanas — como crer ou não em Deus, por exemplo, seja lá o que isso possa realmente significar para cada pessoa, a começar do que se entende pela palavra *Deus* — são dóceis à nossa vontade e podem ser acesas ou desligadas, ao gosto do freguês, como se fossem interruptores de abajur.)

Creiam-me, há verdades que simplesmente se impõem. Foi assim com o tumor físico; é assim com o metafísico. Não é coisa fácil *pensar contra a vontade*: ver as coisas como elas são, independente dos nossos desejos ou de qualquer outra consideração a não ser a lógica, o peso das evidências e a objetividade dos fatos. Torcer, digamos, pelo Sócrates do *Fédon*, mas reconhecer que a palma da vitória coube afinal a Demócrito, seu genuíno antagonista, no secular embate entre mentalismo e fisicalismo.

Qual a relação entre o cérebro e a mente? O cérebro engendra a mente que interroga o cérebro e se descobre... *epifenômeno*: supérfluo fenômeno de superfície. "Epifenômeno? Como assim?!" Não peço que concordem comigo, tenho a alma enferma, chego a temer o contágio; peço apenas que partilhem, com a devida precaução e reserva, os passos do argumento. Acredite, você que me lê, é como confessar o inconfessável — um crime de atentado à ética, um suicídio espiritual. Eu gostaria de *não* acreditar numa palavra de tudo quanto escrevo a seguir. Não obstante, creio.

35

Do relâmpago ao voo da libélula, tudo o que acontece no mundo físico é passível de explicação mediante a explicitação de leis e princípios físicos. O conhecimento científico da natureza mostrou que não é necessário recorrer a nenhuma variável extrafísica — como espíritos, forças ocultas, vontades, entes psíquicos, demônios ou intervenções do além — para compreender os fenômenos do mundo natural. O mundo físico é autossuficiente, ou seja, ele abriga no interior de si tudo aquilo que é necessário e suficiente para entender e explicar o que sucede nele. *Il mondo va da se.*

Pois bem: é difícil conceber, para dizer o mínimo, que o ser humano de carne e osso, fruto da união de dois gametas, não pertença integralmente a este mundo. *A natureza não dá saltos.* Mas, se tudo o que tem lugar no mundo físico, do qual nosso organismo é parte e onde nossa vida transcorre, pode ser plenamente entendido e explicado mediante variáveis físicas, então por que seria diferente conosco?

O cérebro humano é um órgão de extraordinária complexidade — o mais intrincado e intrigante de que se tem registro —, no entanto isso não faz dele uma milagrosa "caixa-preta": um órgão extranatural, regido por princípios estranhos a tudo que sabemos sobre o mundo, e que teria de algum modo ficado isento das leis naturais de causa e efeito ou das relações de tempo e espaço que se verificam no resto da natureza.

Mas se os nossos corpos e organismos (cérebro incluso) são entes físicos que nascem, crescem e se movimentam no espaço físico, como acontece com todo ser vivo do planeta, então não é necessário recorrer a nenhuma variável extrafísica, como nossos pensamentos, desejos e vontade consciente, para dar conta da nossa existência e ações no mundo.

Daí que o entendimento estritamente científico do *Homo sapiens*, pautado pela busca de resultados claros, inteligíveis e sujeitos à aferição pública, exclua o recurso a estados mentais de qualquer natureza quando o que está em jogo é a elucidação do que nos faz ser como somos e agir como agimos. A neurociência não foge à regra. Como relata Roger Sperry, falando aqui em nome dos seus colegas de profissão, "a convicção da maioria dos estudiosos do cérebro — cerca de 99,9% de nós, segundo creio — é que forças mentais conscientes podem seguramente ser desconsideradas no que diz respeito ao estudo científico objetivo do cérebro".

Note bem. Em nenhum momento se nega a realidade da consciência ou dos eventos mentais: o que se descarta é a sua utilização como princípios válidos de explicação. Em nenhum momento se subestimam as lacunas que ainda persistem no estudo científico da relação mente-cérebro. Quem quer que procure inteirar-se dos resultados alcançados há de concordar com o bioquímico americano Julius Axelrod quando ele afirma que "a linguagem eletroquímica do cérebro é tão rica e sutil como a de Shakespeare — e estamos apenas começando a aprender o nosso ABC".

Existe um hiato inexplicado, seria descabido negar, entre *a alma vista de fora para dentro* (os fenômenos fisiológicos do cérebro), de um lado, e *a alma vista de dentro para fora* (os fenômenos subjetivos na mente), de outro. A descoberta da chave que decifra esse hieróglifo e franqueia a exata tradução do código de uma alma no alfabeto da outra é o santo graal da neurociência.

Seja qual for a resposta, porém, a questão crucial permanece: qual é a *direção de causalidade* entre o universo mental e a neurofisiologia do cérebro? A cada uma de nossas experiências mentais, conscientes ou não, corresponde uma configuração definida e particular do cérebro. Quem pilota quem? Existe, afinal, "um piloto"?

Que alterações da anatomia e da química cerebrais afetam os nossos estados de consciência é algo por demais evidente: ninguém precisa extirpar o hipocampo ou tomar LSD para constatar isso, basta um cafezinho ou um analgésico.

E na direção contrária? Como seria partir de um estado mental — uma sensação subjetiva como, por exemplo, "estou com fome" — para daí entender como isso afeta o cérebro e as ações decorrentes? Como um evento mental — algo de que me torno ciente ao pensar no que me vai pela consciência — poderia direcionar ou afetar objetivamente a atividade dos neurônios, as sinapses e os fluxos eletroquímicos observáveis e passíveis de mensuração em meu cérebro?

Procure imaginar. Primeiro, como surgiu a sensação? Obviamente, não veio do nada; o mais provável é que a fome subjetiva reflita uma condição de carência do tecido celular que se fez transmitir ao sistema nervoso e por fim subiu a rampa da consciência ("tenho fome"). E depois? À sensação de fome seguem-se, na ordem natural das coisas, outro estado mental, que é a intenção de comer ("preciso almoçar"), e a ação prática da natureza esfaimada a caminho de uma bem-vinda repleção (o almoço). O que estaria se passando aqui?

Um mentalista dirá: os eventos mentais, neste caso a sensação de fome e a intenção de comer, produzirão de cima para baixo os processos fisiológicos do cérebro e ordenarão ao córtex motor que acione os músculos voluntários do corpo visando agir e saciar a fome.

Repare: o que se tem aqui são entes psíquicos imateriais sacudindo neurônios e disparando sinapses para cá e para lá, em inescrutável balé, até que o disparo dos pulsos eletroquímicos agite as fibras nervosas ramificadas pelo corpo e anime os músculos a dançar. Coreografia de rara e inefável sutileza.

Por mais boa vontade que se tenha, a noção de que algo semelhante possa estar de fato acontecendo chega a ser tão obscura e alheia a tudo que se conhece sobre as leis naturais que regem o mundo, além de exigir um contorcionismo intelectual de tal monta daqueles que se dispõem a concebê-la, que o único remédio é recorrer à máxima de Tertuliano, teólogo e Pai da Igreja, diante dos mistérios da fé: *Credo quia absurdum est* ("Creio porque é absurdo"). Não deve andar longe o tempo em que o credo mentalista será visto como o criacionismo é encarado hoje em dia.

Um fisicalista, diante do mesmo desafio, dirá: apesar de vedado à nossa introspecção (tal como ocorre, aliás, com o funcionamento do aparelho digestivo), tudo o que nos vai pela mente — a cornucópia da vida subjetiva — tem causas objetivas concretas e resulta de processos neurofisiológicos passíveis de observação e análise.

Nossos estados subjetivos coexistem com as mudanças objetivas no cérebro, mas isso não implica que possuam um real papel na sua explicação. É ilusão tomar como *causa* aquilo que sobe à consciência como um ato de vontade, fruto da intenção de agir. A experiência subjetiva é o sopro derradeiro na cadeia de eventos neurais que a precede, como o rumor produzido pelo ruflar de uma revoada de pássaros — o farfalho é o reverberar do voo. Os eventos mentais que embalam a nossa vida consciente e inconsciente (como os sonhos, por exemplo) são efeitos a serem explicados, porém desprovidos de eficácia causal.

Um estado mental ("preciso almoçar") nunca é realmente produzido por outro estado mental ("estou com fome"); todos são produzidos por estados do cérebro. Quando um pensamento parece suscitar outro por associação, não é na verdade um pensamento que puxa ou atrai outro pensamento — a associação não se dá entre os dois pensamentos, mas sim entre os dois estados do cérebro ou dos nervos subjacentes a esses pensamentos.

Um desses estados do cérebro gera o outro, fazendo-se acompanhar, em sua passagem, do estado mental particular que ele produz. A execução do ato pelos músculos do corpo ("garfo à boca") e a digestão regida pelo hipotálamo coroam o processo. O intermediário mental, em suma, é um redundante fenômeno de superfície — epifenômeno — em relação ao funcionamento do organismo físico.

O quebra-cabeça da relação mente-cérebro não está completo — há peças importantes faltando. Mas o contorno geral da figura que se desenha e o teor das descobertas que vêm se multiplicando, em especial nos últimos vinte anos, deixam pouca margem à dúvida. Todas as flechas da pesquisa científica voam afinadas para o mesmo alvo.

Quanto mais se aprofunda o conhecimento dos segredos da "caixa-preta", mais incontornável se torna a "hipótese espantosa" (Francis Crick) e mais se confirma a conclusão desconcertante de que *os nossos estados mentais estão para o nosso cérebro assim como o apitar de uma panela de pressão está para o seu mecanismo de funcionamento.* Ao contrário do que a nossa psicologia intuitiva nos acostumou a pensar, não é o apito que faz a água ferver; mas é porque ela ferve que o apito começa a tocar, como vai mostrando de maneira cada vez mais precisa e detalhada a pesquisa em neurociência e áreas afins.

A experiência mental que nos absorve e embala desde que nos tomamos por gente não passa, portanto, de um subproduto caprichoso e intrigante de processos físicos — daí o termo *fisicalismo* em vez do tradicional, porém inexato, *materialismo* — que ocorrem de modo autônomo e autossuficiente no organismo; um subproduto dotado de inesgotável riqueza e fascínio, é inegável, mas inteiramente inócuo e desprovido de poder causal sobre o mundo físico objetivo a que pertence.

O cérebro humano é um órgão que responde sozinho por todas as nossas ações; por todas as nossas crenças e sentimentos mais íntimos; por tudo que acreditamos. É ele que nos faz escolher uma profissão e nos faz sentir mais atraídos ou menos atraídos por alguém; é ele que nos leva a agir ou não de acordo com as normas de convivência vigentes; é ele que responde pelas nossas ideias políticas e religiosas. Embora tenhamos uma sensação de controle sobre o nosso pensamento e nossas ações, essa sensação não passa, também ela, de um subproduto do nosso cérebro; ela é uma ilusão remanescente do ambiente arcaico no qual prevalecia a crença de que tudo que se mexe na natureza tem alma.

O fisicalismo subverte a nossa psicologia intuitiva e lança uma luz perturbadora sobre tudo que nela repousa. Não foi à toa que La Mettrie, médico e filósofo, autor de *L'homme machine*, o grande e corajoso manifesto fisicalista do século XVIII, alcançou o feito inusitado de unir contra ele *todas* as religiões da Europa, mesmo as que viviam em guerra entre si. É sintomático que nem o intrépido Diderot, *ghost-writer* de diversas passagens do *Système de la nature* do barão D'Holbach — "a bíblia dos ateus", como foi chamada, mas na verdade um compêndio prolixo e burocrático da obra-prima de La Mettrie —, ousasse referir-se abertamente a ele, não obstante a clara influência, temeroso da onda de censura e perseguição que a simples menção do seu nome desencadearia.

A ideia é tremenda, mas basta um silogismo para resumi-la. As leis e regularidades que regem o mundo são independentes da minha vontade (premissa maior); a minha vontade é fruto das mesmas leis e regularidades que regem o mundo (premissa menor); logo, a minha vontade é independente da minha vontade (conclusão). Se as premissas são verdadeiras, então a conclusão é incoercível.

36

No princípio era a comichão de uma dúvida; a teima interrogante de uma cisma. O que me faz — e a cada um de nós — *ser quem sou*? Enamorei-me de um problema intelectual, as pupilas ávidas e cintilantes do desejo, a vocação que se afirma, o tempo inteiramente ao meu dispor. Fiz do estudo e da leitura um estranho vício, quase uma droga hipnótica.

O caso cresceu, tomou vulto, e em pouco tempo nos descobrimos — minha questão e eu — um par inseparável. Vivemos fiéis e dedicados um ao outro, anos a fio, sem enfado, partilhando os dias com um universo de interlocutores silenciosos, vivos ou mortos, antigos ou modernos, como se fossem amigos com quem se pode trocar ideias e rir, esgrimir dialéticas, interpolar apartes ou entabular conversas em cafés imaginários. A Academia e o Liceu, o pórtico de Zenão e o jardim de Epicuro, o anfiteatro da Royal Society e o elegante *salon* de Mademoiselle de Lespinasse — era como se o tempo e o espaço não contassem, todos no meu bairro, a um pulo de casa; podia frequentá-los sem marcar audiência ou sem aviso prévio.

Parecia o suficiente para preencher uma vida; mas não era. Pois, sob a superfície da minha rotina de aposentado e do meu equilíbrio contemplativo, eu não percebia, uma conspiração de vastas proporções se alastrava. O enredo da minha desventura se urdia, sem meu conhecimento, sob a cúpula do meu cérebro; era o desenrolar de uma trama clandestina na qual, com paciência infinita e teimosia de aranha, eu ia juntando as peças, ligando os fios e tecendo a malha da teia em que afinal me descobri enredado. A paixão pela verdade me traiu.

Por longo tempo, mas sem que me desse conta, mais e mais se infiltrava e fixava em mim a noção de que nossa psicologia intuitiva da relação mente-cérebro — uma herança do ambiente ancestral e pré-científico em que a mente do animal humano se plasmou — estava caduca e teria de ser radicalmente repensada; dia a dia se insinuava e crescia em mim a convicção de que *o que sou* e *o que faço* podem não ter rigorosamente nada a ver com *o que me sinto ser* ou *imagino estar fazendo*.

E isso não porque a minha psique profunda ou o meu inconsciente controlassem secretamente os meus pensamentos, atos e desejos, a hipótese freudiana, mas por um motivo muito distinto — e por certo bem mais perturbador. Isso pelo simples fato de que fui aos poucos me dando conta de que *todos* os meus estados mentais — tanto os conscientes como os inconscientes — são emanações ou reverberações secundárias de estados cerebrais e, consequentemente, carecem de eficácia causal sobre os mecanismos neurais que os engendram. Paguei caro o afã de perseguir a qualquer preço a verdade. Foi como desabou a bem-aventurança da minha vida contemplativa após a retirada do tumor, o idílio do meu conúbio intelectual. Parimos, minha questão e eu, um rebento monstruoso — uma crença exterminadora.

37

Peculiar recurso paliativo da consciência enturvada: *confessar alivia*. É como se um peso fosse tirado de cima do peito ou céus carregados desanuviassem. E com que astúcia e fina sagacidade o cristianismo e a psicanálise não souberam servir-se, cada qual a seu modo, dessa atávica necessidade humana: o descarrego da mente saturada e longamente oprimida; o desabafo verbalizado; "o mais autêntico dos instrumentos para o ajuste de contas morais entre o homem e Deus"; o exorcizar das sombras e recalques, fonte segura de alívio e purificação.

Conta um relato etnográfico que, entre os esquimós nativos do Alasca central, assim como em outras culturas arcaicas, a prática ritual da confissão atendia a uma função específica: quando uma criança caía enferma, sua mãe fazia uma visita ao curandeiro e confessava a violação de alguma norma ou tabu da tribo, como a ingestão da carne de um animal proibido, o uso indevido de objeto que pertenceu a um morto ou o fato de ter penteado os cabelos depois do parto; tão logo a mãe terminava o seu desabafo, ela se convencia de que fora perdoada pela transgressão e a saúde do filho seria restabelecida.

A confiança no poder curativo e purificador da confissão — como não lembrar Agostinho e Rousseau, o coração a nu de Baudelaire ou o homem subterrâneo de Dostoiévski, que jurava escrever apenas para si mesmo, "jamais possuirei leitores" — tem raízes fundas em nosso psiquismo. A certa altura da vida, Wittgenstein foi tomado por um violento impulso de confessar aos amigos suas falhas e omissões: "Mas o que é isso", reagiu uma confidente, "você quer ser perfeito?". "*É claro* que eu quero", respondeu o filósofo. "Escreva livros somente se for dizer neles as coisas que você jamais ousaria contar a alguém", recomenda Cioran. Compreendo isso, mas por que ir tão longe? Que alívio saber que o conselho não corre o menor risco de ser seguido.

38

O que significa *ser* um fisicalista? Faço a pergunta a mim mesmo e me descubro à borda de um poço escuro e vertiginoso que a superfície da vida repele: onde o fundo? Repito mil vezes a questão; volto a ela nos interstícios e dobras das horas anônimas, como por uma lei de atração, e me extravio num labirinto de becos, túneis assombrados e estranhas bizarrias, como um homem de Neandertal diante de um caixa eletrônico ou como um ianomâmi que adormeceu na aldeia da tribo, exausto da caça, e desperta na manhã seguinte debaixo de um viaduto, aturdido pela fumaça e balbúrdia das máquinas, sem eira nem beira, em meio a fantasmagorias de toda ordem, incapaz de captar palavra da estranha língua que todos falam. Onde me perdi? Por onde recomeçar?

O fisicalismo destrói os laços e a sensação de familiaridade que existem entre uma pessoa e sua vida mental. Nada daquilo que sobe a rampa da consciência — de resto uma parcela restrita do que nos vai pela mente — é o que parece ser. "Eu", minhas alegrias e tristezas, minhas memórias, temores e esperanças, o meu senso de identidade pessoal e a sensação de liberdade que tenho ao agir no mundo — tudo, enfim, que aflora à nossa consciência ou atua nas coxias do inconsciente nada mais é que o produto da atividade de uma vasta e intrincada rede de células nervosas alojadas no meu cérebro e das moléculas a ela associadas.

Nossos estados mentais não passam de manifestações na consciência de mudanças que ocorrem de maneira automática no órgão cerebral; quando a intenção de fazer algo sobe à mente, não é ela o real motivo de um ato *prima facie* voluntário; a sensação de intenção que acompanha o ato, espécie de cócega subjetiva, é apenas o efeito mental concomitante — ou milissegundos defasado, para ser exato — do estado do cérebro que é a verdadeira causa da ação.

A *experiência* da vida tal como a vivemos é essencialmente um estado mental: os meus pensamentos me obedecem, e as minhas ações obedecem aos meus pensamentos; quando eu me sento ao piano, é como se as notas e os sons que me ouço tocar partissem de mim e dependessem da minha vontade e intenção — é como estou habituado a pensar naquilo que me vai pela consciência.

Mas a *realidade* da vida, tal como a ciência a revela, é coisa radicalmente distinta. Pois as notas e os sons que povoam a nossa subjetividade não procedem de um genuíno piano, em que toca e improvisa um eu-concertista, mas em verdade provém de uma pianola autopropulsada — o cérebro — na qual os efeitos sonoros gerados resultam de perfurações — fruto de um *mix* de fatores genéticos e adquiridos — embutidas no rolo ou cilindro giratório. (A questão não é *hardware* versus *software* — porque o cérebro é ambos e muito mais que isso — ou *nature* versus *nurture*: pois a interação do cérebro em formação com o meio, desde o instante da concepção, assim como os nossos hábitos de vida e o processo educacional que nos transmite saberes e exercita as redes de fiação neural do córtex que nos distingue dos animais são agentes de transformação tão rigorosamente físicos como a informação genética.)

Sentado à pianola da sua subjetividade, o animal humano se enfuna do seu notável dom pianístico — "milagre da criação" — e viaja pela vida entretido e encantado com as cantigas e melodias que desde criança pratica e que desde os primórdios da espécie aprendeu a fantasiar que ouve a si próprio tocar. Ou como se lê nos "cadernos metafísicos" do jovem Darwin, onde ele se permitia refletir, sem culpa ou receio de represália, sobre as implicações da sua descoberta: "A liberdade de escolha e o acaso são sinônimos — agite dez mil grãos de areia, e um deles subirá ao topo — assim os pensamentos, um subirá à tona de acordo com lei". A pianola é a lei.

39

As repercussões do fisicalismo se espraiam sem medida e não deixam pedra sobre pedra no meu mundo mental: *se penso*, tudo é absurdo; *se sinto*, tudo o que penso me parece absurdo; *se desejo*, o que me faz desejar é qualquer coisa que ignoro em mim. Por alguns momentos — tal é o meu estado, quando um pensamento ou lampejo aguça a visão completa e definitiva da farsa burlesca que é minha vida, que são nossas vidas, a alma concebida de fora para dentro, sem evasivas ou concessões — chego a temer por minha lucidez. Mas tento me controlar. Não quero e não devo, repito a mim mesmo, exagerar nas tintas, dramatizar além da medida o enrosco em que me meti. O quadro, percebe-se, é severo, mas não se tire daí a ilação de que perdi o juízo ou algo parecido; a suspeita de insanidade, posso assegurar, não procede (alegação capciosa, é forçoso admitir, visto que um genuíno lunático é o primeiro a negar sua condição).

Singular inversão. Quando sofri o surto alucinatório a bordo da van que me trazia do Riocentro, quando me vi sob a onda pavorosa de cacos e resíduos de entulho mental que invadiu e sequestrou a minha atenção consciente, salva primeira do tumor, temi pela perda do controle sobre as minhas faculdades mentais. O derrame musical, poucos dias depois, entornou a crise. "Voltarei a ser quem era?", era só o que eu queria saber.

Sob o influxo do tumor metafísico, contudo, nada parecido acontece. Em nenhum momento fui tomado por alucinações invasivas ou deixei de preservar intacta a sensação de perfeito domínio do meu fluxo mental. "Não há nada inteiramente sujeito ao nosso poder a não ser os nossos próprios pensamentos", eu poderia gabar-me, fazendo minhas as palavras de Descartes.

E, no entanto, *que poder é esse*? A *pax cartesiana*, calcada na ideia de uma natureza convenientemente bifurcada — o homem (*res cogitans*) gozando do privilégio de pairar acima das leis cegas e independentes de nossa vontade que regem o mundo externo (*res extensa*) —, ruiu de modo inapelável sob o peso do progresso da ciência. Kierkegaard, o filósofo cristão dinamarquês, pressentiu a gravidade da ameaça: a ciência, ponderou em seu diário no ano de 1846, podia lidar sem problema com as plantas, os animais e as estrelas, "mas tratar o espírito humano dessa forma é blasfêmia".

E foi. O medo acerta às vezes. A temida blasfêmia prosperou, e o armistício da *pax cartesiana* cedeu. A *détente* dualista vigente após a revolução científica do século XVII — um pacto do qual fez parte, entre outras correntes filosóficas, o materialismo "dialético" marxista — terminou com a *res cogitans* cartesiana na lona e o homem-máquina de Demócrito, Hobbes e La Mettrie no centro do ringue.

A experiência subjetiva de poder do eu-soberano, inclusive sobre os seus próprios pensamentos, afinal se revela pelo que ela sempre foi: uma sensação ilusória, caro e renitente consolo, uma relíquia dos tempos arcaicos em que nada ocorria no mundo, o fluxo dos rios, a dança das nuvens, o salto da pantera, sem a ação de um espírito, um deus ou uma vontade. Nossa psicologia intuitiva da alma imperatriz é um resíduo dos tempos em que a natureza se parecia, aos olhos do homem, com o que o homem parecia a si mesmo que era: uma criatura movida por sua alma. Uma fantasia dos tempos em que são Francisco, o asceta cristão medieval, dirigia suas preces às flores, pedras, insetos e aves, tratando-os por "irmãos" e instando-os a "louvar o Senhor".

Blasfêmia? A lógica ignora as suscetibilidades humanas; a busca da verdade não se curva àquilo em que nos conviria (ou não) acreditar: se a natureza não é como o homem sentia e acreditava que era, o homem, por sua vez, não é nada essencialmente diferente dela. As mesmas leis e regularidades que regem o mundo natural a que pertencemos regem tudo o que existe. O bulbo faiscante alojado no crânio do animal humano não é exceção.

Ganhei a saúde, perdi a paz. O pior vassalo é aquele que se supõe livre sem sê-lo. Vítima de alucinações e sequestros da atenção consciente, sob o efeito de um tumor cerebral, eu sonhava em libertar-me do mal e voltar a ser quem era. Livre dele, contudo, sob o jugo do tumor metafísico, eu me descubro irremediavelmente cativo em tudo o que me vai pela mente: à mercê de leis e ocorrências que desconheço. O fisicalista sabe que ele não é o que sente ser.

40

"Nem tudo é claro na vida ou nos livros." Que fauna espantosa de contradições e esquisitices não abriga a mente de um simples mortal. E o meu caso então? Um mal metafísico! Nada de amor fracassado ou de angústia de rejeição; nenhuma agrura de ambições tombadas ou demônio atiçando as fúrias da vingança; a consciência dilacerada e os ombros da vida interior esmagados por... *uma ideia*! Nada além de uma metafísica bizantina, uma fantasmagoria livresca. Um distúrbio da ideia!

Posso imaginar um psicanalista lambendo os beiços, o apetitoso presunto, a rara iguaria; posso ouvir a voz de minha tia, hoje psicanalista em Lisboa, sempre teimando com minha mãe para que eu fizesse terapia: "Esse rapaz anda muito enfurnado, não é normal da idade, por que você não tem uma conversa com ele? Posso indicar alguém especial, o que custa tentar, mal não faz". E meu pai, ora em tom de galhofa, ora cortante e sisudo, agudamente sério: "Psicanálise é frescura, pura perda de tempo e dinheiro, filho meu não faz; sua irmã adora enfiar minhocas na sua cabeça, mas ela devia é olhar os filhos *dela*, será que não se enxerga... o Duda conseguiu repetir de novo, vai ter de mudar de escola, que *beleza* essa psicanálise... então é isso que ela quer? Filho meu não faz!". Não fiz.

E agora também não faço, por dois motivos. O primeiro, prosaico: o meu orçamento não comporta; o segundo, terapêutico — de nada valeria. Creio até que, se viesse a fazer, poderia travar boas conversas com meu analista. O jovem Freud, é sabido, flertou com o fisicalismo no início da carreira, chegando a escrever um ensaio programático a respeito; depois se afastou, mas em nenhum momento negou a hipótese, não obstante o estado rudimentar da neurociência na época (restrições legais tolhiam a dissecação de cérebros, mesmo em cadáveres, até o final do século XIX). Imagine só o que não faria um jovem Freud *hoje em dia*, diante do espetacular avanço da neurociência, farmacoterapia e áreas afins? Suspeito que a terceira "ferida narcísica" da humanidade, depois de Copérnico e Darwin, deixaria de ser a "descoberta do inconsciente" pela psicanálise, santa pretensão, para se tornar a demonstração, feita por Freud é claro, da absoluta redundância causal da mente.

Mas duvido que fosse além disso, conversa. Talvez chegássemos em algum momento a discutir a validade teórica do fisicalismo, ele a contragosto, é evidente — "Não é disso que se trata, você não veio aqui para isso" — e, com todo o respeito, quanta presunção a minha, penso que teria mais chance de convencê-lo do que ele a mim. Mas o ponto não é esse. O que poderia ser uma "cura psicanalítica" ou uma "alta" no meu caso? O desfecho é previsível. Ele alegaria, meses depois, que eu me defendo com unhas e dentes da dor de uma real experiência analítica — "resistência" é o jargão —, ao passo que eu, de minha parte, responderia, como se precisasse desculpar-me, que sou assim, paciência, não há de ser nada, eu não supunha que a minha "resistência" pudesse fraudar uma terapia. "Não seria então o caso de criar técnicas de desbloqueio mais eficazes para casos assim?", diria, ao me despedir. "Quanto devo?"

É claro que a história seria outra se o meu tino prático estivesse comprometido. Eu não me furtaria a um tratamento ou à internação se necessário. Felizmente não é o caso. O quiproquó interno convive em surpreendente harmonia com a ordem externa das coisas. Posso andar mal da telha, mas não perdi o pé. O meu fio terra não foi rompido. Pago em dia as contas e os impostos; visito religiosamente aos domingos minha mãe; presto ajuda aos estudos da filha da faxineira; vira e mexe tomo um drinque esticado com os amigos; não perco os jogos do Cruzeiro na tv. A ideia de casamento, acredite, zuniu em voo rasante pela minha cabeça outro dia (devo estar mesmo a dois passos da loucura, mas do lado *de cá* da fronteira por enquanto). Quem me vê jamais desconfiaria do que sabe quem me lê.

E, se já não leio e estudo com o ardor dos primeiros tempos, voltei a pensar em literatura. Preparo um artigo de fôlego para a efeméride dos cem anos da morte de Machado que se avizinha. A porta de entrada, isso é ponto pacífico, serão as palavras iniciais do conto "O cônego ou metafísica do estilo", fecho da coletânea *Várias histórias*, em que Matias, o narrador, um cônego que "vive entre livros e livros para os lados da Gamboa", anuncia a sua fé, a despeito do leitor incrédulo, "no dia da conversão pública que há de chegar". "Nesse dia", assevera ele, "cuido que por volta de 2222, o paradoxo despirá as asas para vestir a japona de uma verdade comum [...] as filosofias queimarão todas as doutrinas anteriores, ainda as mais definitivas, e abraçarão esta psicologia nova, única verdadeira, e tudo estará acabado. Até lá passarei por tonto, como se vai ver." Mais não conto. O artigo sai — supondo que eu ache a porta de saída — no suplemento cultural do *Estado de Minas*.

41

O avanço da ciência revela ao homem a sua insignificância cósmica no tempo e no espaço. Se a Terra tem 4,5 bilhões de anos — aproximadamente um terço da idade do universo —, então a humanidade está no planeta há menos de um milésimo do tempo desde que a Terra se desgarrou do Sol, iniciou o seu resfriamento e passou a girar em torno dele. Perguntar "por que os homens estão aqui na face da Terra", observa o biólogo francês Jacques Monod, é como perguntar "por que fulano e não beltrano ganhou na loteria". Multiplique por bilhões o acaso.

O filósofo e matemático inglês Alfred North Whitehead compara a orientação da ciência moderna à visão de inexorabilidade do destino — implacável em sua lógica e indiferente aos sentimentos humanos — presente na tradição do drama antigo: "O que era o destino na tragédia grega torna-se a ordem da natureza no pensamento [científico] moderno". O final do espetáculo — supondo, é claro, que a humanidade não precipite o desenrolar da trama por meio de suas próprias ações e que nenhum acidente cósmico, como o meteoro que levou à extinção dos dinossauros, nos atinja no caminho — é previsível.

A morte natural de uma estrela deixa os planetas desorbitados. É tudo uma questão de tempo. Em 5 ou 6 bilhões de anos, uma estrela do porte do Sol que nos aquece — classe média baixa na estratificação estelar — terá aumentado a sua radiação e luminosidade em virtude da mudança em sua composição atômica e se transformará numa estrela gigante vermelha. Na etapa seguinte, ela encolherá violentamente de tamanho, tornando-se uma "anã branca" semelhante a milhões de outras estrelas moribundas que entulham a Via Láctea.

Os planetas que escaparem da calcinação provocada pelo aumento da energia radioativa do Sol na primeira etapa — Mercúrio e Vênus serão fatalmente tragados — ficarão órfãos de luz e conforto gravitacional na segunda. Fogo ou gelo? O prazo é generoso e temos seguramente mais com que nos preocupar antes que o desastre derradeiro aconteça — ameaças e urgências de toda sorte, reais ou imaginárias, não faltam; uma coisa, todavia, parece clara: os anseios humanos não se fizeram ouvir na formação do universo.

O colapso da psicologia intuitiva em torno da qual gravita a compreensão que nos acostumamos a ter de nós mesmos equivale à morte de um sol no nosso universo mental. O que escapa de ser calcinado sofre os efeitos de uma grave perturbação. As reverberações desse evento se espalham por todas as reentrâncias e ramificam-se em todas as direções da autocompreensão humana; suas implicações teóricas e práticas vão certamente além do que se pode a esta altura conceber.

O heliocentrismo tirou a Terra do centro do universo; o fisicalismo priva o sujeito de uma existência centrada no seu eu consciente; ele o torna um ser desprovido de uma existência central, genuinamente pessoal, autônoma — um ser des-centrado. Se a religião — *religare* — dá ao homem "um sentimento de estar em casa no universo", como dizia William James, o fisicalismo demole e retira da mente a possibilidade de *sentir-se em casa em si mesmo*.

42

Por que me atormenta esta ideia fixa? De onde o impulso e a teima dessa torturante análise interior? Se dissesse que tenho a resposta, faltaria com a verdade. Ao me curar do tumor cerebral, fui tomado pela paixão do conhecimento. Organizei minha vida ao redor de um único objetivo supremo, ao qual tudo mais se subordinava; queria "conhecer a mim mesmo", saciar a irreprimível curiosidade com que me sentia atraído pelos mares desconhecidos da filosofia e da ciência. Doce chamado, amargo fim: sem que me desse conta, como um navegante que os ventos e o mar navegam, fiz de mim o que não soube. Tornei-me o protagonista insólito de um cerebrino enredo de ficção. A devoção ao saber resultou em obsessão de pensamento.

O quadro, todavia, é tudo menos uniforme. A des-conversão deflagrou em mim um regime de forte instabilidade gravitacional. Flutuo ao sabor dos acontecimentos e oscilo de acordo com a direção dos ventos. Reparo, em particular, que as flutuações do meu estado de ânimo — como elas se produzem? — interferem poderosamente no modo como vejo as coisas e tento lidar com a situação.

Embora não chegue a questionar seriamente a verdade do fisicalismo — essa página foi virada no capítulo 35, e, goste-se dela ou não, a conclusão é incoercível —, constato que a forma como reajo a ele e como busco assimilar suas implicações em minha vida sofre apreciável influência das variações do clima psicológico interno e das vagas naturais do meu humor. Eu não sou um *paper* acadêmico polido e bem raciocinado, submetido ao parecer de especialistas e devidamente abalizado pelos pares; sou um filósofo amador com seus altos e baixos, peças mal juntadas e ridículas contradições.

Às vezes, como por encanto, a esfera cambiante dos humores revolve, o ânimo se aviva, e aí me pergunto: precisa ser assim? Por que o drama? Se é *tumor*, pois bem, que seja: então será como o outro — desesperar não resolve, só piora; o remédio é lutar e vencer, cair como guerreiro, a boa luta, se tiver de cair. Eu não sou o primeiro fisicalista, e certamente não serei o último na face do planeta. É o espírito da nossa época, as cartas estão na mesa, os ventos do século XXI servem ao fisicalismo. Mas, se tantos convivem com ele de maneira razoavelmente pacífica e tranquila, e isso desde o tempo dos atomistas gregos, por que não eu? O sol de um ânimo jubiloso, quando desponta no peito e deleita as retinas, incute em mim o desejo de lutar, abrir-me à disposição alegre do simples viver. As sombras que me oprimem parecem então dissipar-se.

O que, afinal, me aflige? Uma crença é a sombra mental de uma configuração do cérebro. Mas o fisicalismo, não posso esquecer, é também ele uma crença, ou seja, um produto da inteligência humana. Portanto, uma pessoa que tem medo do fisicalismo e vive assombrada por ele; uma consciência que se descobre aterrada por alguma coisa que foi elaborada e projetada por ela mesma, é como alguém que tem medo e se apavora diante da própria sombra.

Faz sentido isso? *Temer a própria sombra?* Trata-se, no fundo, de uma fabulação da minha própria mente; ajo como alguém que inventa um ser imaginário — um demônio, digamos, ou um deus vingativo — e depois passa o resto da vida atormentado e oprimido por ele, sem se dar conta de que a criatura é obra do seu próprio espírito. O raciocínio me alegra momentaneamente a alma e suscita um comboio de pensamentos alentadores.

Penso na lição da *gaya scienza*, jogo lépido do pensamento, que Nietzsche aprendeu com Emerson: "Eu abordo questões profundas como se fossem banhos gelados: entro depressa e saio ligeiro"; penso na reação do jovem Goethe após a leitura de trechos (não terminou de ler) do *Système de la nature* do barão D'Holbach: "A palavra *liberdade* soa tão bem que não poderíamos dispensá-la, mesmo que não exprimisse mais que um erro"; penso no mistério da música de Bach e na força da vida que vai adiante, sonho de ninguém, a cada amanhecer rindo e zombando do seu próprio absurdo, não importa o que pense ou fabule o bicho-homem; penso no exemplo do médico que me abriu a cabeça e extirpou o tumor, o dr. Nelson Tardelli.

43

Tornamo-nos bons amigos depois da cirurgia. Gosto dele, como pessoa e como profissional. Atencioso, avesso a subterfúgios, franco e direto no que tem a dizer; um médico abnegado, pontual, que faz do ofício um sacerdócio; quantas vezes não me admirei do zelo e da paciência com que ele atende às ligações dos pacientes, por mais disparatadas, nas horas mais impróprias. Aproximamo-nos durante o pós-operatório, descobrimos algumas afinidades, intelectuais e etílicas, o tempo irrigou a amizade. Passamos a conversar com frequência, na casa de um e de outro, e a trocar e-mails. Quando notou o meu interesse por estudos do cérebro ligados à consciência, prontificou-se a me enviar artigos e sugestões de leitura.

Devo a ele — se o termo é cabível — uma peça capital na minha odisseia reversa rumo ao fisicalismo. O caso veio a público em 2002, no encontro da American Neurological Association, e causou celeuma na época. O dr. Tardelli lá estava, sob os auspícios de um grande laboratório farmacêutico multinacional. Assistiu à apresentação do médico que acompanhou o caso, participou dos debates, creio que em Nova York naquele ano, e me mandou o artigo de lá mesmo, via internet:

Joseph F. (nome fictício) era um professor primário de meia-idade no estado da Virgínia; um *everyman* americano, com sua reverência à bandeira e apreço por *gadgets* e hipotecas refinanciadas. O primeiro sintoma de perturbação surgiu em 2000, quando ele começou a sentir um interesse por sexo como nunca antes experimentara. Tornou-se um *habitué* de casas de massagem e passou a visitar sites de pornografia infantil.

A escalada da mania culminou na descoberta, por parte da esposa, de que ele vinha molestando a filha adotiva do casal. Joseph F. foi legalmente expulso de casa, julgado e condenado a submeter-se a um longo programa de reabilitação em doze etapas — "Sexaholics Anonymous" — para pessoas com desvios de conduta sexual.

Entretanto, ele foi banido do programa por assédio sexual às mulheres da clínica, e o juiz ordenou então que fosse preso. Na noite anterior à prisão, Joseph F. sentiu um impulso brutal de violentar a dona da pensão onde vinha morando desde que saíra de casa, e foi tomado por fortes dores de cabeça; em meio ao abalo, buscou socorro num hospital local.

O exame de ressonância revelou que ele possuía um tumor do tamanho de uma ameixa no lobo frontal direito. Removido o tumor, Joseph F. sentiu que voltara a ser quem era: perdeu a obsessão por sexo e o vício da pedofilia.

Obrigado pela justiça a retomar o programa de reabilitação, conseguiu levá-lo a bom termo. A mulher aceitou perdoá-lo e permitiu que tornasse a viver com a família. Em outubro de 2001, no entanto, cerca de um ano depois da cirurgia, veio a recaída: ressurgiram as dores de cabeça, a tara sexual e o vício da pornografia infantil. Joseph F. estava ciente de que não devia sucumbir, mas não era capaz de resistir aos impulsos que o dominavam. Um novo exame constatou a reincidência do tumor no mesmo local em que aparecera o outro. Extirpado o cancro, a tara desgovernada por sexo voltou a sumir.

44

O que nos faz ser quem somos? O caso de Joseph F. abre uma pletora de questões médicas e legais, neurológicas e éticas. Quando Nelson voltou do congresso (foi como passei a chamá-lo depois que ficamos amigos), telefonei agradecendo o envio do *paper* e propondo um encontro. Marcamos uma *happy hour* no meu apartamento e, entre outros assuntos, acabamos naturalmente enveredando por um debate a respeito não só daquele estranho caso, mas de suas possíveis ramificações.

Um episódio extremo como aquele, argumentou ele, tem a vantagem de isolar os fatores relevantes, permitindo examiná-los sem as máscaras e véus que em geral encobrem as ocorrências mais complexas e usuais. O fato, prosseguiu, é que no fundo não existe uma real diferença entre o que aconteceu com Joseph F. e o que ocorre em outros casos de pedofilia congênita, pois tanto estes como aquele resultam de disfunções cerebrais e hormonais definidas. Há toda uma linha de pesquisas em andamento que vêm revelando isso. São sempre fatores neurológicos específicos, mais ou menos difíceis de diagnosticar, que tornam uma pessoa presa de fixações mentais e de ações virtualmente irrefreáveis. O tumor do professor americano mexeu com as suas preferências sexuais e reduziu a pó a sua capacidade de autodomínio. Atribuir culpa moral e responsabilizar criminalmente as vítimas desse tipo de distúrbio é tão absurdo como censurar uma pessoa alérgica por estar espirrando ou recriminar um paciente com Alzheimer porque ele não mais reconhece a esposa.

Embora exalasse um ar de olímpica segurança, Nelson não soava arrogante ao expor suas ideias; o manifesto interesse com que eu o ouvia parecia animá-lo cada vez mais na conversa. O ponto que me intrigava e causava um certo desconforto — é preciso lembrar que, àquela altura, eu estava longe ainda de tornar-me um fisicalista — era a facilidade com que ele havia passado do particular para o geral — do episódio retratado no *paper* para o que ele chamou de "pedofilia congênita". O susto maior, contudo, foi o que veio a seguir.

Pois bem. O diálogo enveredou para a questão da relação mente-cérebro — era nossa primeira conversa em mar aberto sobre o assunto —, e, lá pelas tantas, meu amigo Nelson, com a maior naturalidade do mundo, entre dois goles de uísque, como quem conta que perdeu as chaves do carro ou apanhou uma gripe, declara quase *en passant*: "Esse caso do americano pedófilo só reforça, aliás, o que eu sempre achei; essa história de livre-arbítrio não passa de uma enorme balela; no fundo, é o mesmo que acreditar na imortalidade da alma — um conto da carochinha que nossos avós inventaram e que serve apenas para dar um alento e embalar o sono das crianças com medo de escuro". Talvez fosse ingenuidade minha, mas não esperava ouvir isso dele; menos ainda assim, com a mais tranquila sem-cerimônia, como se aquela fosse uma opinião entre outras, quase parte do senso comum. O meu primeiro impulso foi polemizar, mas, sabe-se lá por quê, resisti. Cauteloso, fui pelas bordas. Quis saber mais.

"Mas você *realmente* pensa dessa maneira?", agulhei.

"Eu sei que talvez soe um pouco estranho para quem não é da área", ele respondeu depois de um gole e uma pequena pausa, "mas na minha profissão aprendi a não diluir a lógica nas emoções; mexo com isso há mais de vinte anos, *todo santo dia*, você não faz ideia do que eu já vi e tive de tratar na clínica." Em seguida emendou: "Minha obrigação é encarar objetivamente os fatos, não sou de elucubrar demais; mas de uma coisa estou certo depois de todo esse tempo: tudo o que somos, no final das contas, começa e termina em bioquímica — eu, você, os meus pacientes... o que existe de tão especial assim em nós? Somos todos feitos da mesma matéria-prima que qualquer outro ser vivo, moléculas que se juntam, replicam seu DNA e depois voltam a se separar; OK, OK, temos a consciência, vá lá, mas essa tão celebrada irritação do cérebro, neurônios disparando sincronizadamente em frequências de quarenta hertz ou coisa que o valha, sinapses faiscando e buzinando essas bizarras emanações mentais, mil e quatrocentos centímetros cúbicos de miolos, o que isso altera? Você então imagina que isso mude de fato alguma coisa?".

"Mas, Nelson", tornei a insistir, "as implicações do que você diz são tremendas, como é que você consegue viver acreditando nisso?"

"No início, quando ainda era estudante", veio a resposta, "lembro de ter ficado meio *down* às vezes; mas depois, como tudo na vida, a gente se acostuma e volta a tocar o barco do mesmo jeito. Sabe o que eu acho? Vai ser uma história parecida com a de Copérnico, Galileu e Darwin; no início as pessoas se assustam com a novidade, algumas ficam indignadas, outras protestam e se revoltam contra a heresia, a coisa provoca um tremendo *frisson*; aí então o tempo vai passando, o impacto começa a ser digerido, as pessoas acomodam as coisas de um jeito ou de outro, cada um a seu modo, tudo se ajeita e retorna aos eixos; a Igreja Católica demorou *três séculos!* para se dignar a 'reabilitar' Galileu, mas afinal *moveu-se*. Eu não sei se você sabe", arrematou, "mas tudo que estou dizendo aqui, embora eu não saia por aí alardeando, não tem nada de extravagante ou fora do *mainstream* para quem atua nos meios científicos; hoje em dia, se você for olhar, quase todos os neurologistas, tanto da clínica como da pesquisa, pensam mais ou menos dessa forma."

45

Passaram-se os anos. Nelson recebeu um convite do Centro de Neuroengenharia da Universidade de Duke, plena dedicação à pesquisa, proposta irrecusável, e mudou com a família para os Estados Unidos no início de 2004. Ainda trocamos e-mails com alguma regularidade; nossa amizade sobreviveu à distância, embora sem a intimidade de antes. Sempre que ele vem a Belo Horizonte, ao menos uma ou duas vezes por ano, tentamos nos ver.

Com o tempo, sabe de sobra o leitor, também eu aderi ao fisicalismo; porém nunca tive a ocasião de me abrir com ele sobre isso como ele se abriu comigo daquela vez (se aquela nossa conversa fosse hoje, eu não teria perdido a chance de notar, como fiz, aliás, tempos depois por e-mail, a presciência de La Mettrie ao declarar em pleno século XVIII que era "possível para aqueles com uma determinada constituição física encontrar prazer nas piores formas de crime e devassidão" e que "a única reação cabível diante deles, de um ponto de vista médico, é a compaixão, embora a sociedade necessite puni-los"; daí a recomendação, feita também por ele, de que "seria sem dúvida preferível se todos os juízes fossem médicos habilitados" (revelo aqui o toque de vaidade que senti ao saber que o Nelson fez bom uso dessa referência num artigo recente — o duplo parêntese dá a medida da minha discrição)).

O que não cansa de me surpreender e intrigar, no entanto, é a constatação do modo distinto como diferentes pessoas lidam com aquilo em que acreditam. As crenças e opiniões podem ser virtualmente as mesmas em duas cabeças. Mas por algum estranho motivo — saberá alguém a explicação exata? — elas acabam adquirindo um peso e um colorido inteiramente díspares nas nossas experiências. O contraste é flagrante. Nelson e eu somos duas naturezas antípodas na maneira como vivenciamos as nossas crenças sobre a relação mente-cérebro: ele compartimenta, eu fundo.

Ninguém sabe ao certo como é por dentro outra pessoa: é a diferença entre *uma dor de dente* e a dor *imaginada* no dente de alguém. Só o que temos são palavras e gestos, ênfases e reticências, a cor de uma fala ou a expressão de um olhar. Mas toda vez que me comparo a ele; toda vez que pondero *o que é feito* do fisicalismo em cada um de nós e o modo como isso é metabolizado em nossas vidas, sou tomado pelo sentimento claro e inequívoco de que habitamos universos paralelos, não obstante o acordo aparente do que entendemos ser a real condição humana acerca da relação mente-cérebro. O ponto de contato — nosso credo compartilhado — é o vértice de um ângulo obtuso de desvio — a nossa forma de vivenciá-lo.

Como somos diferentes! Nelson tem um temperamento *prático*: não é de elucubrar, como ele costuma dizer. O fisicalismo para ele, por tudo que me é dado perceber, tem significado eminentemente intelectual. A absoluta primazia do cérebro sobre a mente é *um fato da vida*, como a circulação do sangue, a reprodução sexuada e a tabela periódica; está aí para ser esmiuçado pela ciência e manipulado pela técnica. Posso imaginá-lo perdendo uma noite de sono porque teve um artigo rejeitado pelo *Journal of Consciousness Studies*; mas nunca porque foi inexplicavelmente aterrado por sombras ou tomado por um sentimento trágico-burlesco da vida.

Os compartimentos são claros. As convicções do dr. Tardelli não importunam a paz e o sossego de Nelson. O médico e homem de ciência é fisicalista durante o expediente, rigoroso e infatigável em tudo que faz, disposto a sustentar o seu ponto de vista se provocado a tanto. O cidadão e pai de família, por seu turno, não leva atrapalhação para casa: deixa-se despreocupadamente embalar pela psicologia intuitiva do senso comum nos horários de folga, feriados e fins de semana.

Com perdão do exagero, a divisão faz lembrar as beatas do Rio antigo que comungavam de manhã na missa e parafusavam os dedos dos escravos à tarde — e tudo, é claro, com a maior boa-fé deste mundo, como testemunha Darwin nos diários de sua estadia no Brasil. À mesma família pertence "o agregado" José Dias de *Dom Casmurro*: durante a mocidade, e para todos os efeitos, um hiperbólico entusiasta da homeopatia; mas, assim que caiu enfermo e precisou de um médico, a intransigente exigência de que trouxessem um alopata. "Converto-me à fé dos meus pais", justificou-se, "a alopatia é o catolicismo da medicina."

A cada cristão sua sina — melhor não é a minha. Sucede que trato as sombras como coisa sólida, e isso não por vontade, mas por jeito de ser. Não mais que o meu corpo, a constituição e a textura da minha mente não dependem de um ato de escolha. Diferentemente do Nelson, tenho um temperamento *religioso*, apesar da minha alergia a qualquer forma de religião ossificada em dogmas, ritos e cleros hierárquicos. Daí que o fisicalismo tem no meu caso um significado francamente emotivo. Acreditar nele não é para mim uma realidade intelectual apenas, embora também o seja, mas é sobretudo uma vivência ética e existencial. A dissociação que me toca não é entre o horário de trabalho e o de folga, o laboratório asséptico e o reduto do lar. Ela mora na minha consciência e viceja no âmago do mundo em que acredito existir.

46

Não importa o que seja: uma coisa é *acreditar* simplesmente em algo; coisa muito distinta, porém, é *viver* aquilo em que se acredita. Existe uma enorme distância entre imaginar certa possibilidade e nela embarcar intelectualmente, de um lado, e ser tomado por uma experiência que domina e tiraniza a percepção íntima que se tem do mundo e de si, de outro. Conjecturar uma arriscada aventura não é o mesmo que ser tragado por ela ou pôr a própria cabeça a prêmio. Foi aí que me perdi.

Outros, todavia, se encontraram. O arquiteto japonês Kiyo Izumi, por exemplo, foi convidado a projetar um hospital para esquizofrênicos. Movido pela ambição de realizar um trabalho diferenciado, ingeriu pesadas drogas lisérgicas — substâncias cujos efeitos mimetizam, segundo se crê, alguns sintomas da esquizofrenia — de modo a conseguir captar e compreender melhor as necessidades e as distorções de percepção dos futuros usuários do prédio. Desconheço os resultados da investida, nunca vi o hospital, mas a ousadia do plano me enche de admiração.

Mais corajoso ainda — e com resultados que lhe renderam o Nobel de Medicina em 2005 — foi o médico australiano Barry Marshall. O que provoca uma úlcera gástrica? O diagnóstico estabelecido atribuía a causa do mal a um destempero do ambiente ácido do estômago; o tratamento da moléstia era feito de acordo. O dr. Marshall, entretanto, tinha uma ideia distinta. Suspeitava que a causa real era a ação de uma bactéria (*Helicobacter pylori*) alojada na parede do órgão. Mas como testar empiricamente a hipótese? "Todos estavam contra mim, mas eu sabia que estava certo." Foi aí que o médico se prontificou a fazer do próprio estômago um campo de provas: ingeriu doses críticas da bactéria e provou de forma cabal que as úlceras nada tinham a ver com o grau de acidez do suco gástrico ou com supostos fatores psicossomáticos, e sim com a presença do microrganismo no órgão. A eficácia do tratamento — a começar pelo estômago do médico-cobaia — selou o sucesso da experiência.

Não o fiz de caso pensado, no entanto confesso que por vezes me vejo e me sinto como um Barry Marshall da relação mente-cérebro. Não ingeri bactérias vivas (nem drogas lisérgicas), mas assim como ele também me expus ao risco de grave intoxicação. Bits de informação acoplados ao cérebro — em torno de quarenta e quatro por segundo no ato da leitura — foram os meus bacilos. "Ler demais é o seu mal", sempre alertou meu pai. O tumor metafísico é a minha úlcera. Sem que tivesse planejado e sem que me desse conta, fiz-me por longos anos uma espécie de cobaia de mim mesmo. Fiz do meu "órgão mental" um temerário campo de provas: tornei-me um laboratório vivo de metafísica aplicada. A diferença é que o meu experimento desandou; a ulceração topou com solo fértil, comeu solta e, por fim, descontrolou-se. A irritação virou cancro. O meu quiproquó intelectual entornou para a vida.

Imagino que, se eu tivesse o que se chama de um objetivo ou ambição na vida — construir uma sólida carreira, galgar postos, amealhar o primeiro milhão, cravar o meu nome na posteridade, salvar doentes ou a biosfera ou o que for —, nada disso aconteceria. Poderia ostentar um fisicalismo de fachada, escandalizar as consciências piedosas e *épater les bourgeois* depois do terceiro drinque, mas tudo permaneceria rigorosamente na mesma. Um cordão sanitário manteria o cisto obediente e isolado no seu canto da mente; um robusto sistema imune psíquico impediria qualquer ameaça de contaminação. Mas acontece que comigo não é assim; não sou um fisicalista de faringe, como Nelson e tantos outros. Acontece que por desassombro ou insensatez, ou como quer que chamem, levei ao extremo em minha vida aquilo que outros, ciosos de suas carreiras, deveres e reputações, nem sequer à metade do caminho ousaram levar.

O equívoco em que vivo comigo permeia cada reentrância do meu ser consciente. Se faço alguma coisa, não me pergunto *por que fiz isso* ou *qual foi o meu propósito ao fazê-lo*. Essa gramática não passa de artefato de uma visão caduca da natureza e do homem; o mentalismo que ela embute — apito fervendo a água da chaleira, sujeito senhor da ação — é um remanescente da fé animista que herdamos do mundo arcaico.

A questão não é *por que fiz isso*, mas o que exatamente *provocou em mim* tal ação. Se experimento uma emoção — alegria, raiva, culpa ou o que for —, imediatamente me distancio dela e reflito: de que modo particular a arquitetura neuronal e a bioquímica molecular do meu sistema nervoso se combinaram neste exato instante para induzir em mim a sensação do que em mim está sentindo?

Eu sou a experiência que o meu cérebro tem de si mesmo. "*Meu cérebro?*" — como assim? "Meu" de quem?! Que "eu" é esse a quem o cérebro pertence? Não. Quando digo "meu cérebro", quero dizer: a experiência que um *cérebro particular* tem de si mesmo — um cérebro que re-presenta certas configurações neurais como um eu-soberano, como a consciência de ser quem se é, como uma pessoa dotada de nome, RG e um passado só dela. Como um eu que adormece todas as noites, ocasionalmente sonha, e reaparece na manhã seguinte em seu trono para reatar os fios do seu roteiro, expedir decretos, alvarás e ordens régias em seus lendários domínios, e dar sequência ao enredo ficcional que é sua vida. Existo como uma fábula a se desentranhar existe. Altere alguns neurônios aqui e ali; reconfigure uns tantos circuitos de fiação neural ou desative a região do cérebro que sustém o estado de vigília, como acontece no sono — e prontamente deixarei de imaginar que sigo existindo. Eu sou a peça de ficção que um cérebro particular fabrica e exala de si mesmo.

O que sei sobre mim se despregou do que vai em mim. Os sons e as notas da minha consciência são o efeito de uma pianola oculta entretida do seu próprio engano. *Sei* que não existo como entidade que a si mesma dirige e controla, embora não consiga *sentir-me* efetivamente assim, exceto ao refletir e prestar atenção no que sinto. Padeço de uma severa falta de unidade interior. Não vou ao ponto de dizer que *vivo* o fisicalismo. Não, ele não é passível de uma plena assimilação e absorção na vida comum. Entretanto, ouso crer que fui tão longe quanto é desumanamente possível chegar. A isso se reduz a minha originalidade; nisso reside a minha tragicomédia de província.

47

Um grão de areia, porque ele existe, comporta o mistério do universo. O enigma da vida autoconsciente não é menor na avenida Afonso Pena, às três da tarde de uma quinta-feira nublada, que no coração de Manhattan ou em

Calcutá. Vez por outra, ânimo buliçoso, quebro a rotina dos meus dias e perambulo pelas ruas do centro. Caminho a esmo, ao sabor de impulsos fugazes, como um espião da vida. O burburinho das ruas e avenidas revolve os pensamentos; os vultos que cruzam as calçadas e o agito das lojas e vitrines atiçam a minha inclinação sonhadora; a visão de outras vidas me faz esquecer a minha.

Nos pontos de ônibus a resignação infinita de quem espera; nos táxis e carros de vidro fumê o vírus da pressa e a urgência de chegar. O turbilhão furioso atropela o que estiver no caminho — para onde vão? Um camelô de DVDs piratas me acena com a última novidade — *Batman, o cavaleiro das trevas*; na falsa banca de revistas alguém aposta no bicho; altiva e vaidosa, sem desviar um milímetro o olhar, a jovem faceira vê tudo ao redor; no balcão de um boteco encardido, TV ligada no fundo, dois motoboys com o capacete pendurado no braço enchem a cara; entro no bar, tomo assento ao lado dos fregueses e entorno várias cervejas em pensamento. Que vidas são as destes homens e mulheres?

O hábito de perambular pelas ruas do centro é antigo; vem comigo desde as crises e bloqueios do doutorado: era um meio eficaz de espairecer. Depois do tumor, contudo, essa válvula adquiriu outra feição. Tento imaginar as pessoas à luz do que sei e tento me imaginar aos olhos delas. Às vezes me vejo chamado a conversar com cada transeunte que passa por mim; a tentar explicar a cada jovem ou velho em que pouso o olhar, tim-tim por tim-tim, com a máxima paciência e clareza de que me sei capaz, *o que o faz ser quem é* — o que significa ser bicho humano.

Cheguei a esboçar um roteiro. Começaria pela distinção entre músculos voluntários (como os que nos permitem mexer os braços e as mãos) e autonômicos (como o coração); depois mostraria a diferença entre a mente e o cérebro, e os modos possíveis de entender a relação entre os dois (mentalismo e fisicalismo); relataria alguns resultados empíricos e evidências médicas de impacto (como os casos do rato hedonista, do consumidor escaneado e do pedófilo americano); e, por fim, arremataria o diálogo — todas as dúvidas e questões que surgissem seriam acolhidas e elucidadas ao melhor estilo socrático — com o silogismo do capítulo 35: "Se as premissas são verdadeiras e o raciocínio, válido, então a conclusão é incoercível", c.q.d.

Se o leitor está seguro de que o único efeito de algo parecido seria encher o pobre transeunte de tédio ou perplexidade, saiba que eu partilho da mesma certeza. Mas, supondo que ele se interessasse e me desse ouvidos; supondo que eu fosse capaz de me fazer entender e, mais que isso, fosse capaz de convencê-lo da verdade do que lhe digo, assim como eu me convenci dela e assim como ele mesmo se deixou convencer um dia, digamos, da veracidade do ET de Varginha, da imaculada concepção do Menino Jesus ou dos feitos mediúnicos de Chico Xavier; supondo, enfim, que tudo isso acontecesse — *para quê?* Que benefício poderia advir de uma altamente improvável des-conversão em massa ao credo fisicalista?

Se alguma real diferença fizesse, do que, no entanto, duvido — que diferença fizeram afinal o heliocentrismo ou a teoria da evolução? —, seria apenas *para pior*. Seria como adicionar uma camada extra de absurdo à já absurda peça de fantoches das nossas vidas banais. Mas não há o que temer. A vanglória do animal humano é planta tenaz. Não há agreste ou borrasca de ideias que possa com ela. Os séculos se desenrolam e a natureza humana permanece a mesma.

O progresso da ciência eliminou a superstição ou a fé na existência de um "Deus pessoal"? Nem mesmo entre os cientistas americanos, ao que parece. Que chance então poderia ter uma ideia científica, uma "hipótese espantosa" e repulsiva, contra a força e a tenacidade de hábitos ancestrais de pensamento? Valho-me das palavras de Bernardo Soares no *Livro do desassossego*: "Uma só coisa me maravilha mais do que a estupidez com que a maioria dos homens vive a sua vida: é a inteligência que há nessa estupidez". Antes assim. Que alívio saber que não correm o menor risco de pensar como eu. Existem verdades que a vida repele.

48

Mas há um porém. Embora faltem ouvidos ao público quando se trata da preleção *teórica* do fisicalismo, todos têm mais com que se preocupar, sobra estômago quando as promessas e proezas da sua *aplicação prática* vêm à baila. "Domina-se a natureza obedecendo-se a ela": a manipulação tecnológica da relação mente-cérebro é a última fronteira. Se o fisicalismo não vence a couraça da vaidade humana, ele convence pelo poder que confere ao homem. É a lição de Francis Bacon: disputem os escolásticos, pelo tempo que desejarem, sobre o conceito de verdade, os fundamentos últimos da ciência, as consequências éticas e metafísicas das doutrinas ou a correta hermenêutica dos textos. A árvore do saber não se prova pelo seu tronco, galhos ou raízes; ela só se dá a conhecer pelos *frutos* que proporciona. Funciona?

O apetite do público pelas novidades e possibilidades abertas pela manipulação neurocientífica do cérebro parece não ter limites. A sequência é previsível. Na primeira rodada, é claro, as causas irrepreensíveis: próteses robóticas ligadas ao cérebro para portadores de deficiências; remédios e métodos antidepressivos eficazes e sem efeitos colaterais; implantes de células-tronco para todo tipo de lesão; a tão esperada cura dos males de Parkinson e Alzheimer. Posso antecipar o dia, se me for concedido um pleito pessoal, em que um microimplante de tecido nervoso no meu lobo temporal direito, feito com células especializadas cultivadas em laboratório, será capaz de sanar o meu problema de audição (espero que não me levem a aposentadoria junto). O que poderia ser mais legítimo?

Servida e degustada a entrada, contudo, o leque de opções no cardápio se amplia; aguçado o apetite, as fomes se multiplicam em inesperadas direções. "O melhor dos bens é o que não se possui", observa Machado. Com uma avidez insaciável, o público quer mais. O fluxo de pedestres e motoristas na avenida Afonso Pena se afigura a meus olhos como um cortejo de febres e apetites, como um tropel de vísceras e genitais esfomeados, como petecas errantes dos sentidos no encalço de uma fugaz miragem de felicidade — a próxima compra, o próximo emprego, a próxima viagem, o amor que se anuncia, sempre a dobrar a esquina. Em nome do que negar-lhes o direito?

Onde a demanda pipoca, logo a oferta se faz. Nas clínicas, drogarias e consultórios, o admirável mundo novo da psicofarmacologia e das neuroterapias a preços módicos faz cintilar um festival de ofertas na imaginação dos passantes. *Que negócio é esse de angústia, remorso, ansiedade? Dói muito a lembrança daquele amor? Liberte-se agora mesmo. Que tal um* tête-à-tête *com Deus? Desfrute da alegria efervescente de uma taça de champanhe na alma. Multiplique por três sua memória. Viagra para o cérebro. O mundo maravilhoso das plásticas neurais agora pode ser seu — é simples como um Botox ou uma lipo. Aceitamos todos os cartões.* (Estranho paradoxo: quanto mais aumenta o poder tecnológico que o homem tem sobre a natureza, mais ele se dá conta de que é um ser passivo e impotente no universo, inteiramente regido por leis e forças cegas que não dependem da sua escolha.)

Subitamente, entretanto, outra possibilidade como que irrompe do nada e me leva a cruzar a faixa do devaneio. Uma pergunta perturbadora abre as asas e entra a batê-las de um lado para outro num beco da mente: "E se um neurologista do século XXII me aparecesse agora e, como num passe de mágica, trouxesse a cura definitiva para o meu tumor metafísico?". E se uma microlesão no meu neocórtex (ou o que seja) me desse a chance de comprar de volta a ilusão de que a pequena fração de eventos cerebrais que aflora à minha consciência é de fato o que parece ser, ou seja, que ela detém o comando e controla do alto e de cima, a partir do meu eu-soberano em sua glória, dialeticamente, os meus pensamentos e ações?

Aturdido com a possibilidade, chego a ficar imóvel por um par de segundos no meio da calçada, alheio à confusão de pedestres que me rodeia. Aceitando ou recusando a proposta de cura, reflito, *em nenhum dos casos* a decisão partiria genuinamente de mim.

A cura fisicalista do fisicalismo deixa o mundo tal qual ele sempre foi e sempre será. A única diferença é que, como um aborígine australiano diante do arco-íris e do trovão, eu regrediria a um mundo de espessa fantasia a respeito da condição humana. Eu voltaria a me autoiludir sobre mim mesmo e a crer sem titubeio que sou um milagre ambulante: um ser imune às leis do universo e movido em meus atos e escolhas por eventos mentais que têm lugar no meu cérebro, mas para os quais nenhuma causa física capaz de explicá-los pode ser encontrada. Eu voltaria a crer, em suma, que sou uma singularíssima criatura: um ser criado à imagem do seu criador, um personagem de ficção capaz de urdir a trama do seu próprio enredo. *Sem saída.*

49

"Beagá não tem mares, tem bares." Moro na "capital mundial dos botecos" (deu no *New York Times*) e gosto de beber. Fim de expediente, troca da guarda. A luz do dia que baixa faz baixar às ruas e calçadas o enxame feroz dos edifícios; um clamor de vozes e buzinas ascendentes se mescla ao ranger dos motores; todos sabem aonde querem chegar e estão com pressa sem saber por quê — eu também. No caminho de casa a escala técnica no bar Santo Ofício, meu refúgio na Savassi, é parada obrigatória. Se alguém suspeitar que todo o meu perambular pelo centro não foi afinal outra coisa senão uma esquiva e tortuosa romaria à mesa de um bar, não me sentirei ofendido. Pode ser que acerte.

O que procuro na bebida, não sei ao certo. O prazer sensível — chope gelado roçando a parede da garganta, ardência coruscante de um gole de aquavita — tem o seu peso, isso é inegável, mas está longe de esgotar a questão. A perspectiva da idade, hoje aprecio, traz outra pista. Uma "sede siderúrgica", como dizia meu pai, percorre a família; os casos de alcoolismo, espalhafatosos ou velados, um tio chegou a tomar os perfumes da mulher na falta do que beber em casa, não são raros. Sei onde piso — todo o cuidado é pouco. O segredo é não permitir ao costume degenerar em vício. Pertenço à estirpe, mas tenho minhas peculiaridades.

Há um quê de catarse, de sauna periódica do sistema nervoso, na minha relação com a bebida. Mantenho o hábito sob controle e nunca cheguei ao vexame do estupor. Bebo socialmente, quando a ocasião se oferece, mas não é por aí que o apelo maior da bebida me fisga. Custa-me dizê-lo, mas a verdade é que para mim um genuíno encontro com o álcool tem de ser a sós. O copo e eu.

O que busco nesses momentos, por estranho que soe, é outro tipo de integridade; um exame de consciência ao qual não tenho acesso no estado usual de abstemia. O que realmente me atrai na bebida, suponho, daí a predileção pelo beber solitário, é poder soltar as rédeas a mim mesmo e ousar cavar mais fundo nos opacos e escondidos da mente; é abrir-me, de tempo em tempo, à aventura de um pensar menos torcido pelas amarras da razão vigilante e inibições da lógica severa. A propensão a beber, é patente, jamais careceu de insignes razões. "Na vitória eu mereço, na derrota eu preciso", como dizia Churchill.

Tomei assento na mesa mais no fundo do bar, o salão estava ainda quase vazio, fiz meu pedido, e me pus a espreitar preguiçosamente, como por janela de ônibus ou câmara oculta, o ir e vir dos pedestres no trecho de calçada vazado pelo vão de entrada. Sabia que o tempo seria curto dessa vez, uma ou duas rodadas no máximo; meu amigo Nelson veio passar uns dias na cidade, e acertei com ele nos vermos à noite, na casa do irmão, meu colega de ginásio, que lhe oferecia um jantar. Antes mesmo do primeiro gole entrei a desfiar pensamentos e autoprovocações.

Uma conta banal me pegou de surpresa. "Então é amanhã?!" E era. O dia exato. Há uma década redonda eu entrava na sala de cirurgia da Santa Casa sem saber se sairia dali com vida. Recordei o apagão tenebroso e a volta da anestesia geral; a voz suave, o rosto e as mãos da enfermeira Ivani, delicadamente me raspando a cabeça; o dr. Jordão em pé, ao lado da cama, sem perder a fleuma, com o resultado da biópsia nas mãos; a expressão de alívio no rosto da minha mãe; o instante exato em que eu soube que não morreria; meu segundo nascimento...

Dez anos! Onde foram parar? E se eu tivesse morrido ali? É claro que podia ter sido... cremado, e pronto! Quem se lembraria hoje de que eu um dia existi? Minha velha mãe, alguma vez, minha irmã quem sabe (há quanto não nos vemos, foi morar em São Paulo com a família, trocamos telefonemas esparsos). Teria deixado, é claro, a minha tese sobre Machado... Grande feito! mal paga a tinta e o papel em que foi impressa; um calhamaço sepultado em alguma estante, perdido no imenso cemitério dos livros inúteis, como um acordeão banguela largado no fundo de um armário. Como pude me contentar com aquilo?

Mas por que esse afã de *ser lembrado*? Logo eu! Que diferença teria feito? O que mudaria se eu tivesse morrido aos trinta e poucos anos, mas sobrevivido no afeto de uns e na admiração respeitosa de outros? Um nome cravado em caracteres que o tempo não esgarça; o *meu nome* na memória dos homens, no hipocampo das gerações futuras, nem que fosse só para espalhar a peste, para envenenar a vida de tantos com meus laboriosos desvarios? "A posteridade está para o filósofo como a outra vida está para o religioso" — então não aprendi a lição de Diderot? Continuo, apesar de tudo, a acreditar nos gozos e recompensas do além, na miragem de uma fama póstuma; continuo a acreditar que posso descontar no presente a promissória de uma improvável glória futura?

E se eu não tivesse tido aquele tumor? Se minha vida tivesse seguido o seu curso normal, onde eu estaria *precisamente agora*? Talvez fosse um desses transeuntes que cruzam a frente do bar: aquele vai aflito com o aluguel atrasado, outra, a caminho do supletivo, consulta as mensagens no celular, um terceiro acelera o jet ski comprado com o dinheiro da próxima Mega-Sena.

E, de repente, vejam só, lá vou *eu* passando, apressado como todos, pai de duas meninas, indo apanhar a mais velha no curso de inglês; tornei-me professor titular da UFMG, com dois ou três enroscos folhetinescos no currículo, nenhum drama; furioso porque acabo de saber que não fui convidado a integrar *a* coletânea dos cem anos de Machado, o tomo que reunirá o alto clero da crítica literária brasileira, "isso não fica sem troco!". Tentei acenar-lhe com a cabeça, quem sabe não tomamos um drinque qualquer dia, soube que é um bom-copo, mas ele passa e nem me vê; vai absorto na bolha dos seus problemas e ambições.

Fiquei só. De súbito me assalta o sentimento de que durante toda a minha vida, antes e depois do tumor, não fui mais que um solitário; nunca mereci ser amado por alguém e nunca consegui amar ninguém. O tumor só acirrou o isolamento; fez de mim um ermitão urbano, peça extraviada da Grande Máquina, enclausurado caramujo mineiro (Machado troçaria às minhas custas, um conto metafísico, o La Mettrie das Alterosas). Por que me levo tão ridiculamente a sério? É o que a minha irmã não suporta em mim. De onde essa pretensão de suportar nos ombros, como um novo crucificado, o ônus do absurdo humano? Por que não me deixo existir simplesmente, como fazem todos que cruzam a calçada, meu alter ego, às voltas com o próximo enrosco e o próximo degrau na carreira, como aqueles que não se furtam ao contato furioso da existência?

Como um pêndulo, a sensibilidade oscila. O que sei eu de quem quer que seja? Que estranho amálgama de inveja e desprezo, de sincero despeito e altiva soberba não me provoca a visão das vidas comuns de pessoas comuns; a contemplação dos sonhos e aflições que desconheço, a miragem da vida inteira que podia ter sido e não foi. E, no entanto, ao pensar tudo isso, ao me sentir tentado a dizer a mim mesmo que no fundo da alma, apesar de tudo, eu não trocaria o meu insólito enredo de caramujo assombrado por nenhuma dessas vidas que desconheço, pela vida de outro ou do outro de mim, vejo que já não sei o que digo.

"*E se* isso... *e se* aquilo", santa tolice! como se houvesse escolha! Quem penso que sou? Uma fenda se abre entre mim e mim. Cá estou, sentado no fundo do Santo Ofício, suavemente alcoolizado, deixando-me embalar de novo pelo velho conto da carochinha. Voltando a pensar como se algo no mundo pudesse ter sido diferente do que foi; como se uma vida pudesse não ser rigorosamente como é; como se alguém pudesse escolher ser quem é. Preciso lembrar sempre: só o que acontece é possível.

Minha consciência demiurga adora fazer de si mesma o centro móvel do universo, porém minha existência decorre, como a de qualquer um, na mesma íntima inconsciência que a vida dos animais; as mesmas leis que regem de fora os movimentos de tudo que existe na natureza regem os átomos e moléculas de que nossos corpos e cérebros são feitos. Falar de uma vida humana como ela *poderia ter sido* é tão desprovido de real significado quanto falar de um peixe ou de um coqueiro como ele *poderia ter sido* mas não foi. Se o passado não pode ser mudado, *foi o que foi*, por que o presente e o futuro, *o que será*, *será*, seriam tão radicalmente diversos — dóceis e maleáveis à nossa vontade? Só porque calhou de ocuparmos um lugar circunstancial no tempo, o agora, e gostamos de nos sentir sócios proprietários do devir...

Por aí se perdia o meu devaneio quando o adiantado da hora cobrou paga. Acenei pedindo a conta, passava das sete e meia, e recapitulei os passos até o compromisso da noite, o tal jantar; não queria me atrasar. Enquanto esperava o garçom, o som ambiente do bar sequestrou por instantes a minha atenção. Era Marina Lima, "O meu sim". Senti as lágrimas marejarem e me senti ridículo. Apanhei o troco, esvaziei o copo e juntei-me ao tumulto das calçadas. No instante em que pisei na rua, pude ainda me ver passar de novo, em relance reverso, como se estivesse sentado no bar e mirasse os transeuntes. Devia ser o álcool.

50

Em *Rosencrantz e Guildenstern estão mortos*, Tom Stoppard promove dois figurantes do *Hamlet*, amigos de infância do príncipe, à condição de protagonistas da cena. A certa altura da peça, Rosencrantz, a bordo de um navio, esboça uma revolta. Ele protesta porque não passa de uma ponta insignificante no grande drama; porque sua vida transcorre à mercê de um roteiro que não foi ditado por ele, como uma peça endentada na máquina do mundo. "Pois bem, eu vou mostrar-lhes", desafia, "eu vou me jogar no mar, isso vai escangalhar as engrenagens." Ao que Guildenstern retruca: "E se eles estiverem contando com isso?".

Existe escolha? O engano de Rosencrantz é recorrente. O homem subterrâneo de Dostoiévski, inconformado com a tese de que as "leis da natureza" desvendadas pela ciência revelam ao homem que ele "não tem vontade nem caprichos", que "ele próprio não passa de tecla de piano ou de um pedal de órgão", incorre em idêntico passo em falso ao imaginar que, "mesmo que viessem a mostrar aos homens que eles são teclas de piano, e mesmo que isso lhes fosse demonstrado pelas ciências naturais e pela matemática, ainda assim eles não se tornariam razoáveis mas, ao contrário, cometeriam deliberadamente algo insólito, por pura ingratidão, justamente para insistir na sua posição". Faltou a ele um Guildenstern.

O fisicalismo — e tudo que ele implica sobre a inoperância causal da mente e da vontade consciente — pode ser verdadeiro ou falso; mas, se ele é verdadeiro, certas consequências são inescapáveis: nenhum pensamento e nenhuma ação que sentimos partir genuinamente de nós são o que nos parecem ser, mas o resultado de coisas das quais não nos damos conta em nossos cérebros; portanto, a sensação subjetiva de controle de que se fazem acompanhar é enganosa.

É ilusão tomar como *causa* o que emerge à consciência como um ato de escolha livre. Daí que toda tentativa de revolta contra o fisicalismo — se ele for verdadeiro — é uma luta imaginária. Afinada ou não, a pianola é a lei da consciência. Uma ação caprichosa, por mais intempestiva e dissonante, não abolirá o fisicalismo. Tudo que se pense (ou se deixe de pensar), ato gratuito ou banal, está igualmente contido nele.

Há quem atribua ao fisicalismo um temível efeito paralisante. É o que fazem, por exemplo, William James e Mary Midgley. Abraçar essa tese, sustentam, levaria a uma postura fatalista diante da vida, à resignação desesperançada, ao abandono de todo esforço consciente de pensar, criar e mudar as coisas; o fisicalismo destruiria a motivação de fazer o bem, serviria de pretexto para justificar as piores atrocidades e resultaria numa atitude de prostração generalizada baseada na crença de que "os nossos esforços serão sempre inevitavelmente inúteis porque um poder externo a nós controla o nosso destino e sobrepujará todas as nossas tentativas de agir [...] o fisicalismo tem como objetivo fazer com que paremos de nos preocupar em realizar tais esforços".

Foi o fantasma do efeito paralisante da filosofia de Demócrito que levou Epicuro a afrouxar o estrito atomismo do seu mentor, introduzir um obscuro e *ad hoc* "desvio ocasional" dos átomos no caso particular dos humanos e a confessar, em carta a um discípulo, que "seria melhor seguir os mitos sobre os deuses que tornar-se escravo do destino dos filósofos naturais: porque o primeiro caso permite a esperança de aplacar os deuses com a adoração, enquanto o segundo implica uma necessidade que não conhece abrandamento".

Mas existe escolha? A crença no fantasma paralisante do fisicalismo incorre em peculiar circularidade. Faz sentido atribuir consequências à ideia de que as ideias não têm real consequência? A falácia dessa imputação é uma variante do que os lógicos batizam de *petitio principii*: pressupor como verdadeiro no argumento o princípio que deveria ser provado pelo argumento.

O raciocínio é especioso. A atribuição de um efeito paralisante ao fisicalismo adota como premissa a falsidade daquilo que precisaria ser refutado, ou seja, a tese de que nossas crenças são desprovidas de eficácia causal. O fisicalismo pode ser falso ou verdadeiro: no primeiro caso, nada impede que o efeito imputado a ele *possa* de fato existir; mas, se ele for verdadeiro, então a crença no seu efeito paralisante é tão inócua e absurda como o protesto de Rosencrantz. Seria o mesmo que ameaçar uma pessoa que deixou de acreditar em Deus com a alegação de que sua descrença será punida por Deus.

Resignar-se, agitar-se intempestivamente ou ter qualquer outra reação concebível diante do fisicalismo depende tanto da nossa vontade e escolha conscientes como o funcionamento do pâncreas, a irrupção de um tumor ou a chuva que cai. De Demócrito a Francis Crick, passando por Hobbes, La Mettrie e T.H. Huxley, não há evidência de que os expoentes do fisicalismo tenham se deixado paralisar por ele ou sido menos ativos e inovadores que seus pares na história das ideias.

Para quem busca o conhecimento, as consequências de uma ideia, sejam elas reais ou fantasiosas, jamais serão capazes de refutá-la; tudo que importa é saber se essa ideia é verdadeira ou falsa. Outra coisa, porém, é saber quanta verdade *suporta* o espírito humano. Nietzsche viu isso melhor que ninguém: "O mais forte conhecimento — aquele da total não-liberdade da vontade humana — é, no entanto, o mais pobre em consequências: pois sempre tem o mais forte adversário, a vaidade humana".

51

Assim que cheguei, animado pela ideia de rever o Nelson, tive um ímpeto de sair correndo dali. Ao contrário da minha expectativa, não era um jantar pequeno, em *petit comité*, mas uma reunião social de vulto, quase uma festa, com serviço de valet e bufê contratado, sessenta ou mais convidados, a nata da sociedade mineira. "O que vim fazer aqui?", remoí enquanto saudava o casal anfitrião, "devia ter imaginado; caí numa arapuca." O primeiro impulso foi fabricar alguma desculpa, dor de cabeça ou mal-estar repentino, que servisse de álibi para uma pronta retirada. Logo, porém, passou. Eu estava com fome, a qualidade do jantar prometia, talvez pudesse entabular alguma conversa. O pior que poderia me acontecer, ponderei, era tomar algumas taças de champanhe, comer algo discreto num canto do jardim e sair à francesa.

Olhei ao redor e quase não vi rostos familiares. Recluso como vivia, não haveria de ser diferente. As rodinhas de convidados, cavalheiros de um lado, damas do outro, ao melhor estilo patriarcal brasileiro, formavam-se segundo a lei das afinidades de ofício ou de sangue: a tribo dos profissionais da área médica e a dos militantes do direito; o clã de parentes do dono da casa e do irmão homenageado — pais, tios, primos, sobrinhos — e o clã dos parentes das respectivas esposas; no mais, um ou outro *gauche* desgarrado como eu, olhando a porta a cada minuto. Chegará alguém?

Do que estariam falando as diversas rodas? O prejuízo da surdez torna-se apreciável nessas horas: quanto maior o volume de ruído ambiente e o número de pessoas falando ao mesmo tempo, menor a minha capacidade de entender o que dizem umas às outras ou quando me dirigem a palavra. O pior é não ter como explicar a minha dificuldade e ser obrigado muitas vezes a fingir facialmente que consigo acompanhar as falas. Os apuros e embaraços são constantes; não me surpreenderia se volta e meia pensarem que padeço de algum retardo.

Apesar disso, entretanto, com algum esforço e o trajejo em leitura labial, consegui tomar pé de algumas conversas. Os assuntos se revelavam os mais previsíveis: a última temporada de escândalos em Brasília, todos resolutamente *in-dig-na-dos*; as viagens ao exterior, Miami com as crianças, Nova York ou Paris com as mulheres, os que acabavam de chegar e os que estavam prestes a ir; a nomeação pendente de uma cobiçada vaga no Supremo; a rivalidade dos pilotos brasileiros, Massa e Barrichello, na Fórmula 1. Alguns convivas, em particular, davam-me a impressão de tomados por um acesso exibicionista, como se fossem flashes luminosos ou reclames mal camuflados dos seus últimos feitos, aquisições e primazias; outros, todavia, gozavam de tão reconhecida preeminência entre os pares que nem sequer precisavam se dar ao esforço: luziam de si para si a aura luminosa do mérito. Noite de raro lume no firmamento belo-horizontino.

Feito o sobrevoo, arrisquei um pouso. Notei que o Nelson estava meio avulso, entre uma roda e outra, e fui falar com ele. Trocamos amabilidades. Ele perguntou da minha saúde, e pude então lembrá-lo de que no dia seguinte fazia dez anos exatos da cirurgia. "*Dez anos*?! não pode ser... mas você não mudou absolutamente nada, está igualzinho, qual é o segredo? deve ser a boa vida de professor aposentado." "E você, Nelson", retruquei, "como tem sido a estadia na América e o trabalho em Duke? Outro dia li qualquer coisa sobre o seu colega Nicolelis nos jornais..."

Ele disse que a vida por lá ia bem, os filhos adoravam a escola, mas ele e a mulher sentiam falta dos amigos; depois contou que as condições de pesquisa eram excepcionais, melhores do que imaginara, embora o grau de cobrança e o ritmo de trabalho fossem massacrantes. Atualmente estava envolvido num grande projeto colaborativo chamado Conectoma, uma espécie de Projeto Genoma da neurociência, que pretende realizar um mapa completo de *todas* as interconexões, neurônio por neurônio, no cérebro dos primatas. "É coisa de cem bilhões de células e trilhões de sinapses", acrescentou, "uma tarefa descomunal, mas acho que valerá a pena; quando o trabalho estiver pronto, ou pelo menos adiantado, vai ser um brutal avanço perto das técnicas de visualização disponíveis hoje em dia; será como o raio X no início do século xx e a ressonância magnética na década de 80, um salto quântico no conhecimento do cérebro..."

Mas a conversa, é claro, jamais prosperaria em meio àquele tumulto. Com a chegada de convidados, Nelson teve de desculpar-se e fazer as honras da casa. A desenvoltura com que ele circulava entre os convivas, sempre afável, sempre com a palavra espirituosa e exata na ponta da língua, ágil sem descortesia, culto sem pedantice, sagaz sem falta de delicadeza, era um dom que eu jamais possuiria. Todos pareciam admirá-lo e simpatizar com ele; as expressões, os sorrisos, a fixação e a dilatação das pupilas, os gestos mais sutis não diziam outra coisa; o menor aparte que fizesse tinha aos olhos dos outros um brilho indefinível; ele era a prova de que um jovem médico e cientista brasileiro podia ser reconhecido no exterior.

E, não obstante, quem ousaria supor, *ali estava um fisicalista*; alguém para quem o ser humano não passa de uma complexa máquina eletroquímica, um ajuntamento fortuito de átomos e moléculas, um ser peculiarmente autoiludido sobre sua absurda e impotente condição no universo. Fiquei imaginando. O que diriam todos ali reunidos se porventura soubessem? Se lhes fosse explicada a enormidade do que ele no fundo acredita — alguma diferença faria? Nenhuma. Um sorriso encabulado, talvez, um ligeiro embaraço. "É mesmo?" Ainda por cima isso: nenhuma real diferença faria. Definitivamente, o Nelson não era de elucubrar.

52

Resolvi circular. Pedi a um garçom mais champanhe e fui examinar o bufê armado no jardim: ostras de Santa

Catarina, fundos de alcachofra ao vinagrete, spaghettini ao funghi, risoto de frutos do mar, medalhões de filé ao molho madeira acompanhados de batatas gratinadas e vegetais no vapor. *Embarras du choix.* Um festival de iguarias como havia muito eu não via. E, para coroar, Chablis ou Brunello — tudo escolhido com esmero. A espera fora recompensada. Indiquei à atendente o que deveria servir em meu prato e procurei uma mesa vazia, a mais afastada da balbúrdia, onde pudesse desfrutar sem muita amolação o repasto.

Enquanto o paladar se entretinha e o hipotálamo difundia um mar de delícias pelo meu sistema nervoso, cortesia da ação de endorfinas e da dopamina sobre os centros de prazer no cérebro, a cabeça não descansava. Elucubrar é minha sina. O que me chamou a atenção naquele momento foi o forte contraste entre o requinte da produção e a penúria de conteúdo da cena que, como figurante anônimo postado na mesa mais escondida do palco-jardim, como intruso sem rubrica à margem da trama, o acaso me permitira presenciar.

Lembrei-me de um vizinho de juventude, amigo do meu pai, aficionado da tecnologia, que me franqueava o uso do seu sofisticadíssimo equipamento de som para gravar em fita cassete — sou desse tempo — os discos raros ou importados que me emprestavam. Os aparelhos eram a última palavra; bastava surgir uma novidade, japonesa ou alemã, que ele logo fazia importar e instalava em seu console. Mas as músicas que ouvia! trilhas de novela, Bee Gees, o pior lixo das paradas! Pois esse jantar, eu pensava, reproduz o mesmo disparate a seu modo. A produção esplêndida, quase hollywoodiana, no melhor sentido do termo; mas os diálogos e a trama! entre a chanchada e a farsa burlesca, um sub-Dallas mineiro, como a edição suntuosa de um romance pífio ou um fino relógio de quartzo marcando horas vazias.

Vinda não sei de onde, uma criança pequena de cabelos cacheados e vestidinho branco rodado se aproxima da mesa onde estou, sorri com ar maroto e provoca: "Ei! você fica aí sozinho?". Olhei para ela e sorri de volta; quase sem pensar no que iria dizer, repliquei: "Mas quem disse que estou sozinho? Estou com meu álbum de figurinhas".

53

Novos convidados não paravam de chegar, mas minha ponta no show, assim me parecia, caminhava para o fim. A altura da música ambiente subia junto com o tom do vozerio e o volume de álcool ingerido pelos comensais. Restava saborear a sobremesa, outra escolha difícil, e sumir sem alarde. Da próxima vez, não deixaria de pedir mais detalhes antes de aceitar um convite. A surdez me facultava isso; quando aprenderia a usá-la a meu favor?

Foi então que o meu plano de uma retirada ligeira ruiu por terra. Algo inesperado aconteceu. Quando voltava com o doce para a mesa, meus olhos casualmente deram um giro pelo recinto e se entrecruzaram com os olhos de um rosto familiar. "Seria mesmo *ela*? num lugar desses?!" Estremeci. O leitor atento com certeza se lembra dela, e eu mil vezes mais. Pois ali estava, dez anos depois, conversando de pé com duas ou três amigas no outro canto do jardim, a encantadora Ivani, a enfermeira de pele morena e voz suave que cuidou de mim na Santa Casa.

Perdoem-me pelo embaraço da confidência, o constrangimento da indiscrição. Prezo o recato, mas sou fiel à vida; ou não se há de contar nada, ou se há de contar tudo: conto as coisas como são. Acontece que eu estava de saída, pronto a me recolher ao casulo do sono, quando a pianola do meu cérebro desatou a girar em desabalado ditirambo. Eram os acordes da rumba da espécie; o clamor do imperativo bíblico-genético — *Crescei e multiplicai-vos!*; o ardor inesperado das partículas de um fogo devorador. Num átimo de segundo, a figura da bela enfermeira, meu anjo da guarda em momento muito agudo, se desentranhou das profundas camadas da memória. A visão de Ivani varou feito um raio a fiação do córtex visual e disparou como um alarme de incêndio no âmago do meu sistema límbico — sem intermediários.

O meu primeiro ímpeto foi largar a sobremesa ali mesmo e arremeter em sua direção, porém hesitei. A timidez que me toma de assalto nessas horas é proporcional ao meu desejo. Eu nem sabia ao certo se ela se recordaria de mim depois de todos aqueles anos. Em meio a tantos e tantos pacientes, ponderei, como esperar que lembrasse? Era muita presunção; "fui somente mais um". Voltei à mesa onde estava no fundo do jardim e me pus a tramar um modo inteligente de abordá-la. A única certeza era que eu não podia sair de lá sem falar com ela.

Como teria vindo parar aqui? E como estava linda! será que ninguém percebia? Do lugar onde estava, podia observá-la de viés, sem que me visse. Era a primeira vez que a via sem o uniforme branco; reparei que tinha os braços e ombros como que talhados para o vestido decotado, verde-claro, que estava usando; o gesticular era inconfundível; tudo nela exalava uma aura de encantamento. Entretanto, eu vacilava entre um querer e um não querer; entre o empuxo da atração e o freio da insegurança atiçada pelo desejo. Uma chance como aquela, pensei, talvez nunca se repetisse; mas o que tinha eu, afinal, a dizer-lhe? passara-se uma década... O impasse fazia crescer os minutos. Plano eu não tinha, mas o arrojo prevaleceu. Esvaziei a taça, tomei fôlego e decidi agir. Era a escola de Stendhal — "Basta um grau muito pequeno de esperança para que nasça o amor" — recrutando mais um pupilo.

"Que surpresa, Ivani, encontrá-la aqui!", arrisquei, "talvez você não lembre de mim, faz uns bons anos; estive internado na Santa Casa, uma operação superdelicada, foi você quem me raspou a cabeça..." "Mas é claro que lembro", encorajou-me ela sorrindo, olhos nos olhos, a mesma voz grave e rouca, irresistivelmente melódica, evocando em mim a memória de obscuras delícias. "Você é o professor de letras que falava o tempo todo de Machado de Assis, até pediu que sua mãe me trouxesse o *Dom Casmurro* de presente antes de ter alta; nossa, como *adorei* aquele livro! Só não guardei o seu nome, desculpe, sou péssima com nomes."

O lapso do nome, logo reparado, não me abalou. O crucial, estimei, era que *ela lembrava*, era que o canal estava aberto, era que eu poderia ficar mais tempo — quanto? — sob o influxo da sua presença, cativado por aquela voz que, com seu timbre inconfundível e cadência, silenciava tudo ao redor. Invoquei minha dificuldade auditiva — ela sabia a origem do problema — e convidei-a a vir sentar-se comigo na mesa em que estava, longe da balbúrdia. Ela aceitou.

Por quanto tempo falamos? sobre o quê, exatamente? Sei que me sentia nervoso e excitado ao extremo, as ideias embaralhadas, o coração à beira dos lábios, a cabeça a mil; preocupado em disfarçar meu estado e manter a atenção dela acesa. Sei que falamos de *Dom Casmurro* antes de falarmos de nós: *traiu ou não traiu?* Ela dizia que sim, eu dizia que o enigma não tinha solução; aduzimos nossas evidências, arrolamos as testemunhas de praxe, interpelamos a ré. Não consegui convencê-la, mas ela concordou que havia espaço para a dúvida. "Sabe que depois do que você disse, a semelhança entre Capitu e o retrato da mãe de Sancha, o jogo de espelhos com o *Otelo*, a recusa em ouvir a opinião de Justina, fiquei com vontade de reler o romance?"

Embora desprovida de cultura letrada — era evidente que vinha de família simples —, Ivani tinha muita vivacidade e finura de espírito; curiosa, queria saber de tudo. Contou que pensara em estudar letras quando jovem mas acabara optando por profissão mais segura; não se arrependia, mas quem sabe algum dia retomasse o antigo sonho. Quando contei que estava aposentado desde a cirurgia, ficou inconformada. "Que desperdício!" Não me defendi.

Foi aí que, movido pelo demônio da esperança — reparei que ela não usava aliança em nenhuma das mãos —, incitado pela curiosidade que me engolia, torci a rédea da conversa e passei a prospectar o terreno em que pisava.

"Você é amiga do Nelson ou conhece alguém da família?", indaguei, "foi uma surpresa e tanto revê-la justo aqui." A resposta caiu feito um eletrochoque friamente aplicado sobre a minha convulsiva efusão. "Pois é", disse ela, "aconteceu tanta coisa desde os tempos da Santa Casa; fiquei amiga do Nelson e da Patrícia quando comecei a namorar o Edu Simões, eram colegas na Medicina, acho que vocês não chegaram a se cruzar; depois convidamos os dois para serem os nossos padrinhos de casamento, em 2003, logo antes deles se mudarem para os Estados Unidos." E, para arrematar: "Pena o Edu não ter podido vir hoje! teve um congresso na Suíça; sabe que ele é apaixonado por poesia e literatura? devora tudo que aparece, teria adorado conhecer você".

Imediatamente acusei o revés, mas sem dar na vista. Mantive o tom e o prumo da conversa, assim espero, voltamos a falar de literatura, ela curiosa de livros e autores, senhora de si, eu atordoado, oscilando entre o fascínio e o desengano, à mercê do rudimentarismo do desejo. "Não há amor possível sem a oportunidade dos sujeitos", pensava, enquanto os meus olhos, alheios aos liames do decoro, desenhavam em seus lábios a visão do impossível. O prognóstico era desesperado, mas a paixão engendra desatinos. Tomado de uma brusca volúpia, tudo parecia precipitar-se, não sei do que teria sido capaz. Estava mesmo a pique de um gesto irrefletido, pergunta, confissão ou lisonja, quando uma inesperada voz de criança ceifou o intento na fonte e fez eclodir o golpe de misericórdia.

"Mãe, mãe, quero ir embora! você *prometeu* que não ia demorar!" Era a menina de cabelos cacheados e vestidinho branco que ressurgia ao pé da nossa mesa, reclamando seus direitos. Ivani afagou a cabeça da filha, pediu licença e despediu-se polidamente, não sem antes um vago "vamos nos ver qualquer dia...", seguido do atroz complemento, "o Edu adoraria te conhecer". Ingênua ou cruel? Quanto não haveria de subentendido ou de oblíqua malícia naquela despedida? "Ah, Machado", só me restou suspirar, nem uma coisa nem outra, as duas e nenhuma delas, "quantas intenções viciosas há assim que embarcam, a meio caminho, numa frase inocente e pura."

54

Saí sem despedir-me, entre opresso e exaltado, tropeçando em sonhos como na calçada, reverberações de Ivani comigo. Precisava tomar pé da situação. O que tinha sido aquilo? Eu me sentia como se um vendaval repentino, desses que irrompem do nada, tivesse varrido a minha mente; telhas arrancadas, galhos partidos, o chão coberto de folhas;

como se um surto de insanidade ou alguma espécie de transe hipnótico me tivesse invadido de fora e tomado em suas rédeas, o mundo inteiro anulado por um hiato de tempo fora do tempo, antes de tudo ruir e desfazer-se em pó. De onde a força dessa voragem, janela do absoluto que se entreabrira e fechara em minutos?

A caminho de casa por ruas quase desertas, seguindo o meu rasto sem pressa de chegar, entrei a recolher os cacos da noite e juntar como podia o quebra-cabeça. Nunca imaginei que pudesse ficar naquele estado. O tumulto reverberava em mim: ecos de um impulso selvagem e imperioso, surdo a qualquer apelo da consciência, furioso como um raio, fatal como um teorema. Mas o que se esconderia por detrás dele? O intelecto odeia o vácuo; alguma explicação tinha de existir para tudo aquilo.

Que o álcool teve um papel facilitador, afrouxando as juntas e os laços de certas inibições, seria irrealista negar. Entretanto, ponderei, quantas outras vezes eu não havia bebido no passado, nas situações mais diversas, quantidades *muito* superiores, sem o menor traço de intoxicação romântica, no máximo uma certa comoção dos afetos ou deslize sentimental. Fora isso, quando bati os olhos nela, quando senti o choque da sua aparição no jardim, tive a sensação de ficar instantaneamente sóbrio, como se não tivesse tocado em bebida. Ninguém no universo poderia causar em mim tal efeito. Por que *ela*? O quê, nela?

À medida que caminhava e me afastava da casa, fui buscando uma perspectiva neutra e externa que me permitisse entender o que se passara comigo. Procurava distanciar-me do conteúdo da minha experiência, afastar-me do que tinha acabado de sentir de modo a poder contemplá-lo *de fora para dentro*, com o mesmo recuo e distanciamento com que os budistas encaram o sofrimento e tudo que neles sente: observando causas e efeitos, como quem se desacopla de si mesmo, como quem presencia um espetáculo em cartaz no tablado da mente.

O que houve, afinal, entre nós? Ninguém sabe ao certo a importância que tem para outra pessoa. O meu reencontro com Ivani foi um patético desencontro: de um lado, o indefinível alvoroço e a atenção idólatra que sua presença disparou em mim; do outro, a atenção devida a um ex-paciente de quem mal se recorda, o verniz da cortesia. Como explicar a escandalosa disparidade?

Enquanto caminhava absorto e cabisbaixo, sem atentar em nada, ia cavando. O que pede explicação aqui não é a relativa indiferença dela, assim é a vida, mas a conflagração que a sua simples presença — a visão e a textura da voz daquela jovem enfermeira sobre quem, na verdade, eu quase nada sabia — provocou no meu sistema nervoso. Se aquilo era mais que mero capricho, ilusão de sexo ou gosto de relance — e sobre isso não havia dúvida —, então *o que era?* "A alma é cheia de mistérios." Mas a virulência do que se passara comigo deveria ter alguma explicação neurológica plausível: nada surge do nada. Não existe ocorrência mental sem correlato cerebral que o explique. O estalo sobreveio quando cruzei a portaria e abri a porta do elevador. "É isso! só pode ser isso — a lei da associação por simultaneidade!" *Neurônios que disparam juntos criam circuitos de atuação conjunta.*

Dez anos haviam se passado desde o meu contato com Ivani na Santa Casa. Ocorre, porém, que o período em que estive sob os seus cuidados foram dias críticos da minha vida adulta — dias em que não sabia se conseguiria sair com esperança de vida daquele quarto de hospital. Aos olhos dela, é claro, eu fui apenas um paciente como qualquer outro; na minha experiência, contudo, algo radicalmente distinto aconteceu. Sua imagem e sua voz suave se ligaram de maneira inextricável em meu cérebro às violentas emoções pelas quais passei antes e, sobretudo, *depois da cirurgia*, ou seja, nos dias e semanas em que mantivemos contato. A conjunção no tempo entre uma coisa e outra, reforçada pela dramática intensidade da experiência, forjou um vínculo entre ambas: uma duradoura e automática associação neural.

Daí que o simples contato sensível com as feições e o timbre inesquecível da sua voz ativaram neurônios em meu cérebro que, por sua vez, fizeram disparar os neurônios associados à experiência de êxtase e alucinada alegria que senti ao saber que a operação fora um sucesso e que eu estava salvo. Se o meu "segundo nascimento" na Santa Casa teve o equivalente de uma mãe; se a minha "ressurreição" após o trauma do tumor teve o seu anjo; e se o meu "indulto" minutos antes da execução por fuzilamento teve um czar, então o seu nome é três vezes Ivani. Édipo, quem diria, é o nome de uma configuração neural.

A lei da associação por simultaneidade permite entender por que basta a presença de um sinal, objeto ou situação concreta para desencadear uma reação irrefreável de pânico e ansiedade paralisantes em portadores de fobias; por que alguém que luta para se livrar do vício da cocaína precisa a todo custo evitar locais e circunstâncias particulares em que vivenciou o prazer extático da droga; ou por que a simples degustação de um bolinho de *madeleine* embebido em chá deflagrou a prodigiosa cascata de memórias involuntárias na imaginação do "senhor que narra e que diz eu" da obra-prima de Proust. O parêntese mágico causado pela súbita aparição do meu anjo não foi mais que o vão e sedutor ruído à entrada do silêncio sem vozes em que transcorre, à margem de toda a vida consciente, o que nos faz quem somos — a verdadeira ação. Por mais que fuja, vagueie ou por mim me embrenhe, todas as ruas e vielas do meu pensamento vão dar no mesmo exílio. Então aquilo tudo era apenas isso, parabéns sabichão, mas o que lá isso explica? Sou a biografia de uma ideia fixa.

55

Nunca pude reclamar do sono. Desde pequeno tive a sorte de dormir com facilidade: na cama, no sofá, na missa, no ônibus, no meio do filme. Dormia onde quer que a onda boa do sono se erguesse e me encobrisse com sua cálida envolvência. Ao entrar na cama cansado daquela noitada, passava das duas da manhã, não esperava outra coisa. Mas o sono não veio. Girava de um lado para outro, ecos e ricochetes da noite ciscando à tona da mente, e nada de dormir. Impaciente, fui à cozinha e preparei um chá de camomila. Li algumas páginas dos *Cadernos* de Rilke e voltei a deitar. Mas a nova tentativa foi o mesmo que nada; nem sombra de sono. A cabeça agitada como um mar mexido teimava em não sossegar.

Deitado no escuro, dorso nivelado à cama, resignado a passar a noite em claro se preciso, um cortejo de vislumbres e premonições veio sacudir a minha insônia. É ridículo, pensei. Cá estou no meu quarto, eu, um professor de letras precocemente aposentado, meio surdo e alcoolizado, um solteirão de meia-idade; cá estou eu, um esquisitão sobre quem ninguém nada sabe, o cúmulo da insignificância, aterrado por uma insônia banal e, não obstante, esse ser ínfimo e obscuro, deitado no quinto andar de um edifício, dispara a ter ideias como se o mundo girasse em torno dele naquele instante:

É possível que não tenhamos alcançado ainda a menor compreensão do que nos faz ser quem somos e agir como agimos? É possível que estejamos radicalmente equivocados sobre nós mesmos, perdidos na mais espessa floresta de mitos e enganos, e que nossos descendentes das gerações futuras venham um dia a nos encarar com a mesma mistura de complacência e perplexidade com que encaramos os nossos ancestrais animistas, com seus rituais, sacrifícios e despachos? Sim, é possível.

É possível termos acreditado falsamente durante milênios que a vontade consciente rege os nossos músculos quando, na verdade, ela é o subproduto inócuo de uma cadeia de eventos eletroquímicos no cérebro, como a fosforescência no rasto de um fósforo aceso no escuro ou a espuma de uma onda neural? E que, portanto, fazer de um propósito ou de uma intenção consciente a causa de uma ação humana é tão desprovido de fundamento como falar do propósito de um espermatozoide ao fecundar um óvulo ou da cigarra ao entoar sua cantoria ou do Sol ao irradiar calor? Sim, é possível.

É possível que toda a reflexão e pregação da ética estejam calcadas no equívoco de que possuímos liberdade de escolha e de que existem coisas em nossas vidas que poderiam ser diferentes do que são; e que, não existindo vício ou virtude, não há nada que mereça ser aplaudido ou condenado em sentido moral? É possível que Epiteto, o escravo e filósofo estoico do século I d.C., estivesse certo ao concluir, ainda que por caminho diverso, que "quem acusa os outros pelos seus próprios infortúnios revela uma total falta de educação; quem acusa a si mesmo mostra que a sua educação já começou; mas quem não acusa nem a si mesmo nem aos outros revela que a sua educação está completa"? Sim, é possível.

É possível que toda forma de feroz intransigência e todas as guerras religiosas e ideológicas e todos os conflitos sangrentos por terras, minérios, primazias sejam fruto de um pavoroso mal-entendido da consciência humana sobre si mesma? E que os autoproclamados "ateus militantes", quando se propõem a tratar "a existência de Deus como uma hipótese científica como qualquer outra", revelam uma falta de tino e uma superficialidade diante das necessidades espirituais do homem que é ainda mais espantosa do que a fé ingênua da maioria dos crentes e devotos aos quais se opõem? Sim, é possível.

É possível que toda a história da ciência desde o atomismo grego não seja outra coisa senão a progressiva e implacável destruição de qualquer possibilidade de sentido para a existência, a autodiminuição do homem perante si próprio e sua metamorfose em fortuita, passageira e risível criatura, como um tipo peculiar de pulgão alucinado? E que a missão da ciência — única fonte de saber objetivo ao nosso alcance — seja *reduzir todos os mistérios a trivialidades*, demonstrando em minúcia a mecânica (ou quântica) absurdidade de todo o devir, até que só reste ao homem o mistério da *absurda trivialidade de tudo*? Sim, é possível.

É possível, enfim, que nossa consciência de nós mesmos não passe de um engodo e de um contínuo fantasiar do que não somos, como uma farsa em que os personagens se creem autores dos papéis que representam? E que aquilo a que me habituei chamar de *eu* não exista realmente, mas seja apenas sopro do que emerge da combinação de sopas e faíscas de um cérebro em vigília; e que *eu* e tudo o que me imagino ser seja uma peça de ficção que vive em mim em vez de ser escrita; e que ninguém exista realmente como se finge existir, mas seja o personagem de sua pró-

pria farsa, como peças assombradas do xadrez sem enxa-
drista que se desenrola em cada cérebro particular?

Mas se tudo isso é possível e, mais que isso, possivelmente verdadeiro, então eu não posso ficar calado, encolhido
como um caramujo, entregue à consciência oca e resignada
do meramente existir. Então algo *tem de ser feito*. Tem de
existir um furo, um erro fatal no meu pensamento. Preciso
entender o que se passou comigo; preciso pôr em palavras o
sinistro absurdo da clausura em que estou metido. Se *eu* não
existo, se não sei quem — ou o que — sou, como se pensam
os pensamentos que me atormentam? Não há caminho que
me leve adiante? E assim, paciente leitor, no paredão daquela
madrugada insone, brotou em mim o germe do livro que
repousa em suas mãos. Refute-me se for capaz!

Notas*

PRIMEIRA PARTE:
O tumor físico

PÁGINA

12   *"ocupamos quase toda a nossa vida"*: Baudelaire, "Meu coração a nu". In *Poesia e prosa*. Trad. Fernando Guerreiro. Rio de Janeiro: Nova Aguilar, 1995, p. 528.

12   *"vivemos, de modo incorrigível"*: Guimarães Rosa, "O espelho". In *Primeiras estórias*. Rio de Janeiro: Nova Fronteira, 1988, p. 65.

28   *" filhos da memória e da digestão"*: Machado de Assis, *Dom Casmurro*. São Paulo: Globo, 1997, p. 107.

28   *"O território da imaginação"*: William Hazlitt, *Lectures on English poets*. Londres: J.M. Dent & Sons, 1910, p. 9.

---

* As notas se restringem às fontes das citações e dos experimentos referidos nos capítulos e trechos de não ficção do livro.

29   *biblioteca de Machado*: ver Jean-Michel Massa, "A biblioteca de Machado de Assis", e Glória Vianna, "Revendo a biblioteca de Machado de Assis". In *A biblioteca de Machado de Assis*. Ed. José Luís Jobim. Rio de Janeiro: ABL/Topbooks, 2001.

29   *Aristóteles, por sua vez*: ver Karl Popper e John Eccles, *The self and its brain*. Londres: Routledge & Kegan Paul, 1977, p. 118 e p. 161; e John Horgan, *A mente desconhecida*. Trad. Laura Teixeira Motta. São Paulo: Companhia das Letras, 2002, p. 26.

30   *"Os homens têm de saber"*: Hipócrates, *The sacred disease*. In *Hippocratic writings*. Trad. J. Chadwick e W.N. Mann. Harmondsworth: Penguin, 1983, § 17, pp. 248-9.

30   *"Pessoas com esse tipo de epilepsia"*: Francis Crick, em entrevista a Alessandro Greco publicada no caderno *Fim de Semana* da *Gazeta Mercantil* de 12 de julho de 1998, p. 3.

31   *Se Freud chocou*: Freud, *Totem e tabu*. In *Obras psicológicas completas de Sigmund Freud*. Trad. Órizon Carneiro Muniz. Vol. 13. Rio de Janeiro: Imago, 1974, p. 95; ver também Norman O. Brown, *Life against death: the psychoanalytical meaning of history*. Middletown, Conn.: Wesleyan University Press, 1959, p. 142.

31   *"Em seguida ao treinamento"*: Nietzsche, *Genealogia da moral*. Trad. Paulo César de Souza. São Paulo: Companhia das Letras, 1998, pp. 131-2.

31   *"Os gênios da religião"*: William James, *The varieties of religious experience*. Londres: Longmans, Green & Co., 1916, p. 6 e p. 13 (o caso particular de são Paulo).

31   *"A maior parte dos agitadores"*: E.M. Cioran, *The trouble with being born*. Trad. Richard Howard. Nova York: Arcade, 1976, p. 112.

41   *Em 1997 o Deep Blue*: ver John Horgan, *A mente desconhecida*. Trad. Laura Teixeira Motta. São Paulo: Companhia das Letras, 2002, p. 267.

42   *O verbete sobre*: ver Donald MacKay, "The ethics of brain manipulation". In *The Oxford companion to the mind*. Ed. Richard L. Gregory. Oxford: Oxford University Press, 1987, p. 114.

43   *a microestrutura dos nossos cérebros*: ver Roger Sperry, *Science and moral priority*. Oxford: Blackwell, 1983, p. 56.

43   *lobotomias dos anos 50 e 60*: ver John Horgan, *A mente desconhecida*. Trad. Laura Teixeira Motta. São Paulo: Companhia das Letras, 2002, p. 141.

44   *achados importantes*: ver Benjamin Libet, *Mind time*. Cambridge, Mass.: Harvard University Press, 2004, pp. 26-32.

49   *"A alma da gente"*: Machado de Assis, *Dom Casmurro*. São Paulo: Globo, 1997, p. 94.

50   *A imagem de uma "janela da alma"*: Luciano, *Hermotimus*. In *Lucian*. Trad. K. Kilburn. Vol. 6. Cambridge, Mass.: Harvard University Press, 1959, pp. 297-9.

50   *A metáfora foi lembrada*: Robert Burton, *The anatomy of melancholy*. Vol. 1. Londres: Dent, 1968, p. 68.

50   *"Se uma vidraça de Momo"*: Laurence Sterne, *The life and opinions of Tristram Shandy, Gent*. Ed. Howard Anderson. Nova York: Norton, 1980, pp. 52-3.

52   *A cesura do corpo caloso*: ver Roger Sperry, *Science and moral priority*. Oxford: Blackwell, 1983, p. 37; e M.S. Gazzaniga e J.E. LeDoux, *The integrated mind*. Nova York: Plenum, 1978, pp. 145-9.

54   *a equipe liderada por Yves Agid*: ver Iain McGilchrist, *The master and his emissary: the divided brain and the making of the western world*. New Haven: Yale University Press, 2009, p. 226.

SEGUNDA PARTE:
Libido sciendi

75   *alicerçada em* dois pilares: baseado em Bertrand Russell, "Materialism, past and present", introdução a Frederick Lange, *The history of materialism*. Trad. Ernest Thomas. Londres: Kegan Paul, Trench, Trubner & Co., 1925, p. xi; e Thomas Nagel, *What does it all mean?* Oxford: Oxford University Press, 1987, pp. 27-37.

76   *"Minha única mágoa na vida"*: Woody Allen, citado em John Baxter, *Woody Allen: a biography*. Nova York: Carroll & Graf, 1999, p. 163.

78   *"extrema ignorância"*: Guimarães Rosa, "Famigerado". In *Primeiras estórias*. Rio de Janeiro: Nova Fronteira, 1988, p. 14.

79   *A história do arco-íris*: ver Arthur Zajonc, *Catching the light*. Oxford: Oxford University Press, 1993, pp. 161-87.

80   *lastimou John Keats*: John Keats, citado em Richard Holmes, *The age of wonder: the romantic generation and the discovery of the beauty and terror of science*. Nova York: Harper, 2008, p. 319. O tema foi elaborado por Keats no poema *Lamia*; ver John Passmore, *Science and its critics*. Londres: Duckworth, 1978, p. 62.

83   *Antes de adquirir a acepção moderna*: ver I.B. Cohen, "The eighteenth-century origins of the concept of scientific revolution". *Journal of the History of Ideas* 37(1978), 257-88.

83   *"Diz-se algumas vezes"*: Iris Murdoch, *The sovereignty of good*. Londres: Routledge & Kegan Paul, 1985, p. 1.

85   *é devido ao* Fédon: Karl Popper retrata o diálogo (96a-100d) como uma das "mais cristalinas formulações do problema mente-cérebro em toda a história da filosofia" em *The self and its brain*. Londres: Routledge & Kegan Paul, 1977, p. 169. Ver também Frederick Lange, *The history of materialism*. Trad.

Ernest Thomas. Vol. 1. Londres: Kegan Paul, Trench, Trubner & Co., 1925, p. 64; e John Passmore, *Science and its critics*. Londres: Duckworth, 1978, pp. 10-3.

86   *"Seriam o calor e o frio"*: Platão, *Fédon*, 96b1-9.

86   *"Pois bem, amigos"*: Platão, *Fédon*, 98b7-98c2.

87   *"Era como se alguém dissesse"*: Platão, *Fédon*, 98c2-98e1.

87   *"Não obstante"*: Platão, *Fédon*, 98e1-99a4.

89   Faça-se a justiça: segundo Renzo Torri, a sentença latina *Fiat iustitia et pereat mundus!* tem origem medieval. In *Dicionário de sentenças latinas e gregas*. São Paulo: Martins Fontes, 2000, pp. 501-2.

89   *"Um homem que verdadeiramente"*: Platão, *Fédon*, 63e10-64a2.

89   *"Passados os desvarios"*: Sófocles, *Édipo em Colono*, 1230-1 e 1211-3.

92   *a mente está para o corpo*: segundo Peter Harrison, a metáfora do piloto-navio "aparece primeiro não em Platão, a quem está mais comumente associada, mas em Aristóteles [*De anima*, 413a8] e, mais tarde, nos escritos do filósofo neoplatônico Plotino". "Myth 12: that René Descartes originated the mind-body distinction". In *Galileo goes to jail and other myths about science and religion*. Ed. Ronald L. Numbers. Cambridge, Mass.: Harvard University Press, 2009, p. 110.

97   *"Fundamentalmente, a moralidade"*: Nietzsche, *The will to power*. Trad. W. Kaufmann e R.J. Hollingdale. Nova York: Vintage, 1969, § 443, p. 245. Ver também Platão, *Fedro*, 229e-230a; Platão, *Primeiro Alcibíades*, 117-8; e Frederick Lange, *The history of materialism*. Trad. Ernest Thomas. Vol. 1. Londres: Kegan Paul, Trench, Trubner & Co., 1925, p. 67.

98   *conhecimento "bastardo" e "legítimo"*: ver G.E.R. Lloyd, *Early Greek science: thales to Aristotle*. Londres: Chatto & Windus, 1970, pp. 45-9; e W.K.C. Guthrie, *The presocratic tradition*

from Parmenides to Democritus. Cambridge: Cambridge University Press, 1965, pp. 454-64.

99 Pelo costume doce: Demócrito, citado por Sextus Empiricus, *Contra os matemáticos*, VII.135. In *The atomists: Leucippus and Democritus*. Ed. C.C.W. Taylor. Toronto: University of Toronto Press, 1999, p. 9.

99 *oferecido por Descartes*: ver Descartes, *Le monde*. In *Descartes: selections*. Trad. Ralph M. Eaton. Nova York: Charles Scribner & Sons, 1927, pp. 312-4.

101 *A prova mais contundente*: conforme relato em Benjamin Libet, *Mind time*. Cambridge, Mass.: Harvard University Press, 2004, pp. 25-32.

102 *reminiscências agudamente vívidas*: ver Wilder Penfield, "The cerebral cortex and the mind of man". In *The physical basis of mind*. Ed. Peter Laslett. Oxford: Blackwell, 1950, pp. 60-1; e Oliver Sacks, "Reminiscência". In *O homem que confundiu sua mulher com um chapéu*. Trad. Laura Teixeira Motta. São Paulo: Companhia das Letras, 1997, pp. 155-6.

103 *as mãos de ferro da necessidade*: adaptado de Nietzsche, *Daybreak*. Trad. R.J. Hollingdale. Cambridge: Cambridge University Press, 1982, § 130, p. 81.

104 *"um homem para quem o mundo"*: Fernando Pessoa, *Livro do desassossego*. Ed. Richard Zenith. São Paulo: Companhia das Letras, 1999, § 476, p. 416.

104 *"A maior parte das diversões"*: Jonathan Swift, citado em George Watson, *The lost literature of socialism*. Cambridge: Lutterworth, 1998, p. 104.

105 *O uso da fogueira*: a fonte da alegação é Aristonexus, filósofo e historiador grego do século IV a.C., citado por Diógenes Laertius em sua biografia de Demócrito, IX.40. In *The atomists: Leucippus and Democritus*. Ed. C.C.W. Taylor. Toronto: University of Toronto Press, 1999, pp. 56-7. Ver também Frederick Lange, *The history of materialism*. Trad. Ernest

Thomas. Vol. 1. Londres: Kegan Paul, Trench, Trubner & Co., 1925, p. 18.

105 *"Um homem que tenha algum valor"*: Platão, *Apologia*, 28.

107 *"Pois mesmo aqueles"*: Augustine, *The city of God*, livro XIV, capítulo 16. Trad. Marcus Dods. Nova York: Penguin, 2000, p. 265. Queixa análoga aparece na epístola de Paulo aos romanos (7:23-4): "Mas percebo outra lei em meus membros, que peleja contra a lei da minha razão e que me acorrenta à lei do pecado que existe em meus membros. Infeliz de mim! Quem me libertará deste corpo de morte?".

107 *"ideias sem pernas e sem braços"*: Machado de Assis, *Dom Casmurro*. São Paulo: Globo, 1997, pp. 61-2.

107 *cindida por juízos de valor*: ver Harry Frankfurt, "Freedom of the will and the concept of a person". In *Free will*. Ed. Gary Watson. Oxford: Oxford University Press, 1982, pp. 81-95; e Carlos Drummond de Andrade, "Depravação do gosto". In *Poesia completa*. Ed. Gilberto Mendonça Teles. Rio de Janeiro: Nova Aguilar, 2002, p. 1146.

109 *"O coração, se pudesse pensar"*: Fernando Pessoa, *Livro do desassossego*. Ed. Richard Zenith. São Paulo: Companhia das Letras, 1999, § 1, p. 45.

109 *O órgão cerebral responsável*: ver J.Z. Young, *Philosophy and the brain*. Oxford: Oxford University Press, 1986, pp. 178-80.

111 *O estímulo elétrico de pontos*: ver John Eccles, *The self and its brain*. Londres: Routledge & Kegan Paul, 1977, p. 282; e Paul M. Churchland, *Matter and consciousness*. Cambridge, Mass.: The MIT Press, 1984, pp. 136-7.

112 *a relação entre um cavalo e seu cavaleiro*: elaborado com base numa resposta dada por Richard Dawkins em entrevista a Jeremy Stangroom na *Philosophers' Magazine* 6(1999), 45.

115 *"O homem com frequência pensa"*: La Rochefoucauld, *Maxims*. Trad. Leonard Tancock. Harmondsworth: Penguin, 1967, § 43, p. 42.

115 *O fato espantoso*: Benjamin Libet, "Do we have free will?". *Journal of Consciousness Studies* 6(1999), 47-57.

116 *fazer cócegas em si mesmo*: ver Rodney Cotterill, "Prediction and internal feedback in conscious perception". *Journal of Consciousness Studies* 3(1996), 245-66.

118 "*o rapidíssimo relance*": Guimarães Rosa, "O espelho". In *Primeiras estórias*. Rio de Janeiro: Nova Fronteira, 1988, p. 68.

118 *Um artigo recente*: John K. Chapin, Karen A. Moxon, Ronald S. Markowitz e Miguel A.L. Nicolelis, "Real-time control of a robot arm using simultaneously recorded neurons in the motor cortex". *Nature Neuroscience* 2(1999), 664-70.

125 *Como relata Platão na Apologia*: ver W.K.C. Guthrie, *The presocratic tradition from Parmenides to Democritus*. Cambridge: Cambridge University Press, 1965, pp. 267-8.

127 "*A raça dos humanos*": Emerson, "Worship". In *Complete works*. Ed. A.C. Hearn. Edimburgo: W.P. Nimmo, Hay, & Mitchell, 1907, p. 557.

127 *é uma decisão intertemporal*: ver S.B. Manuck, J.D. Flory, M.F. Muldoon e R.E. Ferrell, "A neurobiology of intertemporal choice". In *Time and decision*. Ed. George Lowenstein, Daniel Read e Roy Baumeister. Nova York: Russell Sage Foundation, 2003, p. 152; e S.M. McLure, D. Laibson, G. Lowenstein e J. Cohen, "Separate neural systems value immediate and delayed monetary rewards". *Science* 306(2004), 503-7.

128 *Um epigrama antigo*: Calímaco, poeta e bibliotecário grego do século III a.C., epigrama 30. A passagem é discutida em: Cícero, *Tusculanas*, livro I, 34:84; Agostinho, *Cidade de Deus*, livro I, capítulo 22; e Margaret P. Battin, *The death debate*. New Jersey: Prentice Hall, 1996, p. 55.

128 "*a mais antiga e grandiosa*": Plutarco, *Non posse*, 1104c, citado em Martha Nussbaum, *The therapy of desire*. Princeton: Princeton University Press, 1991, p. 201.

128   *"É preciso coragem para sentir medo"*: Montaigne, "On coaches". In *The complete essays*. Trad. M.A. Screech. Harmondsworth: Penguin, 1987, p. 1018. A autoria da frase de JK é atribuída ao seu amigo e poeta Augusto Frederico Schmidt.

128   *A emoção do medo*: ver Steven Pinker, *Como a mente funciona*. Trad. Laura Teixeira Motta. São Paulo: Companhia das Letras, 1998, pp. 406-10, e Allen Shawn, *Wish I could be there: notes from a phobic life*. Nova York: Viking, 2007, pp. 75-93. Ver também o ensaio de Geoffrey Carr, "Who do you think you are?", publicado como encarte especial sobre o cérebro na *The Economist* de 23 de dezembro de 2006, pp. 4-7.

128   *a expressão facial do medo*: a partir do trabalho do psicólogo Paul Ekman, discutido em Steven Pinker, *Como a mente funciona*. Trad. Laura Teixeira Motta. São Paulo: Companhia das Letras, 1998, pp. 384-9.

130   *a força e a duração de uma lembrança*: ver Eric R. Kandel, *In search of memory*. Nova York: Norton, 2006, pp. 221-46, e o artigo "Memory building" na *The Economist* de 29 de agosto de 1998, pp. 70-2.

131   *O órgão que responde pela emoção do medo*: ver Joseph LeDoux, "Emotion and the limbic system concept". *Concepts in Neuroscience* 2(1991), 169-99. Ver também Ana Carolina Guedes Pereira, "Emoção". In *Em torno da mente*. São Paulo: Perspectiva, 2009, pp. 125-7.

133   *O circuito cerebral de recompensa*: ver B. Hoebel, P. Rada, G. Mark e E. Pothos, "Neural systems for reinforcement and inhibition of behavior: relevance to eating, addiction, and depression". In *Well-being: the foundations of hedonic psychology*. Ed. Daniel Kahneman, Ed Diener e Norbert Schwarz. Nova York: Russell Sage Foundation, 1999, pp. 558-72.

133   *"Dai-me, Senhor, a castidade"*: Agostinho, *Confessions*, livro VIII, seção 7. Trad. R.S. Pine-Coffin. Harmondsworth: Penguin, 1961, p. 169.

133 *O experimento clássico*: ver B. Hoebel, P. Rada, G. Mark e E. Pothos, "Neural systems for reinforcement and inhibition of behavior: relevance to eating, addiction, and depression". In *Well-being: the foundations of hedonic psychology*. Ed. Daniel Kahneman, Ed Diener e Norbert Schwarz. Nova York: Russell Sage Foundation, 1999, p. 561.

135 *apaixonaram-se pelos cientistas*: conforme relato em Paul Martin, *Sex, drugs & chocolate: the science of pleasure*. Londres: Fourth Estate, 2008, p. 103.

135 *Drogas como álcool, nicotina*: ver Eliot L. Gardner e James David, "The neurobiology of chemical addiction". In *Getting hooked: rationality and addiction*. Ed. Jon Elster e Olen-Jorgen Skog. Cambridge: Cambridge University Press, 1999, pp. 93-136.

136 *"paraíso no bolso do paletó"*: Thomas de Quincey, *The confessions of an English opium-eater*. Londres: J.M. Dent & Sons, 1907, p. 179.

136 *"Somos todos constituídos"*: Montaigne, "Da incoerência de nossas ações". In *Ensaios*. Trad. Sérgio Milliet. São Paulo: Abril, 1972, p. 165.

137 *"mais parece uma tumultuosa república"*: Bismarck, citado em Ian Steedman e Ulrich Krause, "Goethe's *Faust*, Arrow's possibility theorem and the individual decision-taker". In *Multiple self*. Ed Jon Elster. Cambridge: Cambridge University Press, 1986, p. 197.

137 *comprar ou não um determinado item*: ver Brian Knutson, Scott Rick, Elliot Wimmer, Drazen Prelec e George Lowenstein, "Neural predictors of purchases". *Neuron* 53(2007), 147-56; e o artigo de John Tierney, "The voices in my brain say 'Buy it!' Why argue?", no *The New York Times* de 16 de janeiro de 2007 (disponível no site do jornal).

138 "*roía muito caladinho* [...] *nascera com a vocação*": Machado de Assis, "O empréstimo". In *Contos: uma antologia*. Ed. John Gledson. Vol. 1. São Paulo: Companhia das Letras, 1998, pp. 383-4.

138 *alterar preferências de consumo*: ver o artigo "Do economists need brains?" na *The Economist* de 26 de julho de 2008, p. 84.

144 *técnicas muito mais avançadas*: ver, por exemplo, o trabalho do biólogo molecular Jeff Lichtman, descrito por Jonah Lehrer em artigo na seção de notícias da *Nature* 457(2009), 524-7.

144 "*precisamos seguir até onde*": Platão, *República*, 394d8-9.

145 "*Preferir a morte é pura insensatez*": Eurípides, *Ifigênia em Áulis*, citado em João Augusto Pompéia e Bilê Tatit Sapienza, *Na presença do sentido*. São Paulo: EDUC/Paulus, 2004, p. 76.

145 *A "longa intoxicação da juventude*": La Rochefoucauld, *Maxims*. Trad. Leonard Tancock. Harmondsworth: Penguin, 1967, § 271, p. 73.

146 "*Boas pernas, pernas amigas!*": Machado de Assis, *Quincas Borba*. São Paulo: Globo, 1997, p. 109.

147 "*E, Crito, devemos um galo a Asclépio*": Platão, *Fédon*, 118a7-9.

147 "*Quando vemos um homem*": Platão, *Fédon*, 68b9-67c2.

149 "*Nos anos da velhice*": Schopenhauer, "On the different periods of life". In *Parerga and paralipomena*. Trad. E. Payne. Vol. 1. Oxford: Oxford University Press, 1974, p. 496.

150 "*É como confessar um crime*": carta de Darwin ao biólogo e confidente J.D. Hooker, escrita em 11 de janeiro de 1844. Para o contexto da carta, ver Ralph Colp, Jr. *To be an invalid: the illness of Charles Darwin*. Chicago: Chicago University Press, 1977, p. 29.

151 *menos óbvia, menos clara ou menos inteligível*: adaptado de Bertrand Russell, "On the notion of cause". In *A free man's worship*. Londres: George Allen & Unwin, 1976, p. 182.

151 *O filósofo da ciência Ernst Mach*: ver Karl Popper e John Eccles, *The self and its brain*. Londres: Routledge & Kegan Paul, 1977, p. 9.

153 *"De todas as questões que se podem fazer"*: Roger Sperry, *Science and moral priority*. Oxford: Blackwell, 1983, p. 102.

TERCEIRA PARTE:
O tumor metafísico

165 A natureza não dá saltos: Aristóteles, *Historia animalium*, 588b4-5. A máxima *Natura non facit saltum* aparece quatro vezes em Darwin, *On the origin of species*. Ed. E. Mayr. Cambridge, Mass.: Harvard University Press, 1964, pp. 194, 206, 460 e 471.

166 *"a convicção da maioria dos estudiosos"*: Roger Sperry, *Science and moral priority*. Oxford: Blackwell, 1983, p. 31.

166 *"a linguagem eletroquímica do cérebro"*: Julius Axelrod (Prêmio Nobel de Medicina em 1970), citado por Gene Bylinsky, "The inside story of the brain" em artigo da *Fortune* de 3 de dezembro de 1990, p. 96.

168 Credo quia absurdum est: Tertuliano, *De carne Christi*, 5; a frase original, no entanto, é: *Credibile quia ineptum est* ("Crível porque é ilógico").

169 *Um estado mental*: adaptado de John Stuart Mill, *A system of logic*. In *The collected works of John Stuart Mill*. Ed. J.M. Robson. Vol. 8. Toronto: University of Toronto Press, 1978, p. 850.

170 *"hipótese espantosa"*: título do livro de Francis Crick sobre a relação mente-cérebro, *The astonishing hypothesis: the scientific search for the soul*. Nova York: Simon & Schuster, 1994.

170 os nossos estados mentais: adaptado de T.H. Huxley, "On the hypothesis that animals are automata, and its history". In *Method and results*. Londres: Macmillan & Co., 1904, p. 240.

170 *daí o termo* fisicalismo: Karl Popper atribui a origem do termo ao filósofo da ciência alemão Otto Neurath em *The self and its brain*. Londres: Routledge & Kegan Paul, 1977, p. 8.

171 *unir contra ele* todas *as religiões*: como detalha Aram Vartanian na introdução a sua magnífica edição crítica do *L'homme machine* de La Mettrie. Princeton: Princeton University Press, 1960, pp. 95-113. Ver também Sergio Paulo Rouanet, "O homem-máquina hoje". In *O homem-máquina: a ciência manipula o corpo*. Ed. Adauto Novaes. São Paulo: Companhia das Letras, 2003, pp. 37-64.

174 *"o mais autêntico dos instrumentos"*: Machado de Assis, *Dom Casmurro*. São Paulo: Globo, 1997, p. 115.

175 *Conta um relato etnográfico*: ver Hans Kelsen, *Society and nature*. Londres: Kegan Paul, 1946, pp. 101-2.

175 *"jamais possuirei leitores"*: Dostoievski, *Notes from the underground*. Trad. J. Coulson. Harmondsworth: Penguin, 1972, p. 45.

175 *Wittgenstein foi tomado*: conforme relato em Ray Monk, *Wittgenstein: the duty of genius*. Londres: Vintage, 1990, p. 369.

175 *"Escreva livros somente"*: E.M. Cioran, *The trouble with being born*. Trad. Richard Howard. Nova York: Arcade, 1976, p. 27.

185 *"por que os homens estão aqui"*: Jacques Monod, *O acaso e a necessidade*, citado em John Passmore, *Science and its critics*. Londres: Duckworth, 1978, p. 23.

185 *"O que era o destino na tragédia"*: Whitehead, *Science and the modern world*. Nova York: Macmillan & Co., 1928, p. 15.

185 *estrela gigante vermelha*: ver Carl Sagan, *Variedades da experiência científica*. Trad. Fernanda Ravagnani. São Paulo: Companhia das Letras, 2008, p. 40.

186 *"um sentimento de estar em casa"*: ver William James, *The varieties of religious experience*. Londres: Longmans, Green & Co., 1916, pp. 35-41.

190   *Joseph F. (nome fictício)*: ver Jeffrey M. Burns e Russell H. Swerdlow, "Right orbifrontal tumor with pedophilia symptom and constructional apraxia sign". *Archives of Neurology* 60(2003), 437-40. Ver também o artigo "Brain tumour causes uncontrollable paedophilia" da *New Scientist* de 21 de outubro de 2002 (disponível na internet) e o editorial "Free to choose?" da *The Economist* de 23 de dezembro de 2006, pp. 17-8.

216   *"Pois bem, eu vou mostrar-lhes"*: Tom Stoppard, *Rosencrantz and Guildenstern are dead.*

216   *"mesmo que viessem a mostrar aos homens"*: Dostoiévski, *Notes from the underground.* Trad. J. Coulson. Harmondsworth: Penguin, 1972, p. 38.

217   *"os nossos esforços serão sempre"*: Mary Midgley, *Science and poetry.* Londres: Routledge & Kegan Paul, 2006, p. 143. Ver também William James, *Pragmatism.* Cambridge, Mass.: Harvard University Press, 1978, pp. 59-62.

218   *"seria melhor seguir os mitos"*: Epicuro, *Carta a Menoceu.* In *Epicurus: the extant remains.* Trad. Cyril Bailey. Oxford: Oxford University Press, 1926, p. 91.

219   *"O mais forte conhecimento"*: Nietzsche, *Humano, demasiado humano.* Trad. Paulo César de Souza. Vol. 2. São Paulo: Companhia das Letras, 2008, p. 35.

235   *É possível* [...] *Sim, é possível*: adaptado de Rilke, *Os cadernos de Malte Laurids Brigge.* Trad. Lya Luft. Rio de Janeiro: Nova Fronteira, 1979, p. 16.

236   *"quem acusa os outros"*: Epiteto, *Encheiridion*, § 5. In *Epictetus.* Trad. W.A. Oldfather. Vol. 2. Cambridge, Mass.: Harvard University Press, 1978, p. 489.

237   *"a existência de Deus como"*: Richard Dawkins, *The God delusion.* Boston: Houghton Mifflin Company, 2006, p. 50.

237 reduzir todos os mistérios: adaptado de Niels Bohr ("É tarefa da ciência reduzir as verdades profundas a trivialidades"), citado em John Horgan, *O fim da ciência*. Trad. Rosaura Eichenberg. São Paulo: Companhia das Letras, 1998, p. 338.

1ª EDIÇÃO [2010] 4 reimpressões

ESTA OBRA FOI COMPOSTA POR OSMANE GARCIA FILHO EM CASLON
E FUTURA E IMPRESSA PELA RR DONNELLEY EM OFSETE SOBRE PAPEL
PÓLEN BOLD DA SUZANO PAPEL E CELULOSE PARA A EDITORA SCHWARCZ
EM MAIO DE 2017

A marca FSC® é a garantia de que a madeira utilizada na fabricação do papel deste livro provém de florestas que foram gerenciadas de maneira ambientalmente correta, socialmente justa e economicamente viável, além de outras fontes de origem controlada.